HEYNE <

Über das Buch

»›Wie ein einziger Tag‹ von Nicholas Sparks – das ist eine Liebesgeschichte, die kann man nicht erfinden! Er hat sie ja auch nicht erfunden, die Großeltern seiner Frau, heißt es, sollen alles genau so erlebt haben. Auch ich sehe, daß dieser Sparks kein Marcel Proust und kein Thomas Mann ist. Er ist einfach ein netter junger Kerl, der ohne Schnörkel liebevoll geradeaus eine schöne, warme Geschichte erzählt, die jeder versteht. (...) Das ist ein Roman für Herzensstunden auf dem Sofa an kalten Herbstnachmittagen, süß wie ein Marzipankuchen, aber nicht kitschig. Herrje, wir träumen doch alle von der einen, einzigen, wahren, ewig haltenden großen Liebe – hier ist sie!« Elke Heidenreich

»Einen schöneren Abend im Schaukelstuhl als mit Sparks' sinnlichem Roman über die lange Liebe eines langen Lebens kann man sich in diesem Herbst kaum machen.« Die Welt

Der Autor

Nicholas Sparks, 1965 in Omaha/Nebraska geboren, lebt heute mit seiner Frau Cathy und seinen beiden Söhnen in South Carolina.

NICHOLAS SPARKS

Wie ein einziger Tag

Roman

Aus dem Amerikanischen
von Bettina Runge

WILHELM HEYNE VERLAG
MÜNCHEN

HEYNE ALLGEMEINE REIHE
Nr. 01/12581

Titel der Originalausgabe
THE NOTEBOOK
erschien 1996 bei Warner Books, Inc., New York

Die nachstehend genannten Zitate aus Gedichten von Walt Whitman stammen aus dem Buch Grashalme von Walt Whitman, erschienen im Diogenes Verlag, Zürich, 1985, Nachdichtung von Hans Reisiger. Die Titel der Gedichte lauten: S. 17 »Klare Mitternacht«, S. 40 »Gesang von mir selbst«, S. 150 oben »An eine Straßendirne«, S. 150 Mitte »Die Schläfer«. Aus Grashalme von Walt Whitman stammt auch das Gedicht auf S. 157 mit dem Titel »Continuities«/«Nichts ist für immer verloren …«, hier ein Zitat in der Nachdichtung von Michael Farin und Jochen Winter. Die Nachdichtung der folgenden Gedichte stammt von Jochen Winter :S. 148 John Clare »Noch niemals zuvor traf mich so plötzlich …«, S. 161 Sir Charles Sedley »Kein Ertrinkender hat je …«, ferner die Gedichte von Nicholas Sparks auf S. 175 »Der Leib vergeht …« sowie auf S. 176 »Unsere Seelen waren eins …« und S. 203 »Es ist in diesen letzten, zarten Stunden …«

Umwelthinweis:
Dieses Buch wurde auf
chlor- und säurefreiem Papier gedruckt.

Taschenbuchausgabe 05/2004

Printed in Germany 2004
Umschlagillustration: Getty Images / Peter Cade
Umschlaggestaltung: Hauptmann und Kampa
Werbeagentur, München – Zürich
Druck und Bindung: GGP Media, Pößneck

ISBN: 3-453-87995-3

http://www.heyne.de

Dieses Buch ist mit Liebe Cathy,
meiner Frau und Freundin, gewidmet.

Danksagung

Dieser Roman nahm seine heutige, endgültige Form mit Hilfe zweier Menschen an, denen ich für all das, was sie für mich getan haben, danken möchte:

Theresa Park, der Literaturagentin, die mich aus der Versenkung holte. Vielen Dank für Ihre Freundlichkeit, Ihre Geduld und die vielen Stunden, die Sie mit mir gearbeitet haben. Ich werde Ihnen dafür immer dankbar sein.

Jamie Raab, meiner Lektorin. Danke für Ihre Klugheit, Ihren Humor und Ihre Gutmütigkeit. Sie haben dies zu einer wundervollen Erfahrung für mich gemacht, und ich freue mich, Sie meine Freundin nennen zu dürfen.

Wunder

Wer bin ich? Und wie, so frage ich mich, wird diese Geschichte enden?

Die Sonne geht auf, und ich sitze an einem Fenster, das beschlagen ist vom Atem eines vergangenen Lebens. Einen schönen Anblick biete ich heute morgen! Zwei Hemden, eine warme Hose, ein Schal, zweimal um den Hals gewickelt, und hineingesteckt in einen dicken Wollpullover, den meine Tochter mir vor dreißig Jahren zum Geburtstag gestrickt hat. Der Thermostat in meinem Zimmer ist so hoch gestellt wie möglich, und gleich hinter mir befindet sich noch ein kleiner Heizofen. Er knackt und ächzt und speit heiße Luft wie ein Märchendrache, und doch zittert mein Körper noch immer vor Kälte, einer Kälte, die nicht von mir weichen will, einer Kälte, die sich achtzig Jahre lang in mir ausgebreitet hat. Achtzig Jahre, denke ich so manches Mal, und obwohl ich mich längst mit meinem Alter abgefunden habe, wundert es mich immer noch, daß ich seit dem Tag, da George Bush Präsident wurde, nicht mehr am Steuer eines Autos saß. Ich frage mich, ob es jedem in meinem Alter so ergeht.

Mein Leben? Es ist nicht leicht zu erklären. Sicher war es nicht so aufsehenerregend, wie ich es mir erträumt hatte, doch hat es sich auch nicht im unteren Drittel abgespielt. Es läßt sich wohl am besten mit einer sicheren Aktie vergleichen, stabil, mehr Höhen als Tiefen, und langfristig gesehen mit Aufwärtstrend. Ein guter Kauf, ein glücklicher Kauf, was wohl nicht jeder von seinem Leben behaupten kann. Doch lassen Sie sich nicht irreführen. Ich bin nichts Besonderes, gewiß nicht. Ich bin ein gewöhnlicher Mann mit gewöhnlichen Gedanken, und ich habe ein ganz gewöhnliches Leben geführt. Mir wurden keine Denkmäler gesetzt, und mein Name wird bald vergessen sein, doch ich habe jemanden geliebt, mit Herz und Seele, und das war mir immer genug.

Die Romantiker würden es eine Liebesgeschichte nennen, die Zyniker eine Tragödie. Für mich ist es ein bißchen von beidem, und ganz gleich, wie man es letztendlich bezeichnet, es ändert doch nichts an der Tatsache, daß es um einen großen Teil meines Lebens geht und den Weg, den ich gewählt habe. Ich kann mich nicht beklagen über diesen Weg und die Stationen, an die er mich geführt hat; über andere Dinge vielleicht, doch der Weg, den ich gewählt habe, war immer der richtige, und ich würde mich immer wieder für ihn entscheiden.

Die Zeit macht es einem leider nicht leicht, beharrlich seinen Weg zu gehen. Doch auch wenn der Weg immer noch gerade verläuft, so ist er jetzt mit Geröll übersät, das sich im Verlauf eines Lebens nun einmal anhäuft. Bis vor drei Jahren wäre es leicht gewesen, darüber hinwegzusehen, jetzt aber ist es unmöglich. Eine Krankheit hat meinen Körper erfaßt; ich bin nicht mehr stark und gesund, und ich verbringe meine Tage wie ein alter Luftballon, schlaff, porös, immer weicher mit der Zeit.

Ich huste und schaue blinzelnd auf meine Uhr. Ich sehe, es ist Zeit. Ich erhebe mich aus meinem Sessel am Fenster, schlurfe durchs Zimmer, halte am Schreibtisch inne, um mein Tagebuch an mich zu nehmen, das ich wohl schon hundertmal gelesen habe. Ich blättere nicht darin. Ich klemme es mir unter den Arm und bin schon unterwegs zu dem Ort, zu dem ich gehen muß.

Ich laufe durch geflieste Flure, weiß mit grauen Sprenkeln. Wie mein Haar und das Haar der meisten Menschen hier, obwohl ich heute morgen der einzige auf dem Korridor bin. Sie sind in ihren Zimmern, allein mit ihrem Fernseher, aber sie sind, wie ich, daran gewöhnt. Ein Mensch kann sich an alles gewöhnen, man muß ihm nur genug Zeit lassen.

In der Ferne höre ich gedämpftes Weinen, und ich weiß genau, von wem diese Geräusche kommen. Dann sehen mich die Krankenschwestern, und wir lächeln uns zu, tauschen Grüße. Sie sind meine Freunde, und wir unterhalten uns oft. Ich bin sicher, sie wundern sich über mich und über das, was ich Tag für Tag durchmache. Im Vorübergehen höre ich sie miteinander flüstern. »Da ist er wieder«, höre ich. »Ich hoffe, es nimmt ein gutes Ende.« Doch sie sprechen mich nie direkt darauf an. Sicher glauben sie, es würde mir wehtun, so früh am Morgen darüber zu sprechen, und da sie mich kennen, haben sie gewiß recht.

Kurz darauf bin ich bei dem Zimmer angelangt. Die Tür steht offen für mich, wie immer. Es sind noch zwei Krankenschwestern darin, und auch sie lächeln, als ich eintrete. »Guten Morgen«, sagen sie mit fröhlicher Stimme, und ich nehme mir einen Augenblick Zeit, frage nach den Kindern, nach der Schule, den bevorstehenden Ferien. Wir sprechen vielleicht eine Minute, ohne auf das Weinen einzugehen. Sie scheinen es nicht wahrzunehmen; sie sind dagegen taub geworden, wie ich letztlich auch.

Danach sitze ich in dem Sessel, der sich meinem Körper angepaßt hat. Sie sind jetzt fertig, und sie ist angezogen, aber sie weint noch immer. Ich weiß, sie wird sich beruhigen, wenn sie gegangen sind. Die morgendliche Hektik verstört sie jedesmal, und heute ist keine Ausnahme. Schließlich wird das Rollo hochgezogen, und die Schwestern gehen. Beide lächeln und berühren mich im Vorbeigehen. Ich frage mich, was das zu bedeuten hat.

Ich sitze da und sehe sie an, doch sie erwidert meinen Blick nicht. Das ist verständlich, denn sie weiß nicht, wer ich bin. Ich bin ein Fremder für sie. Ich wende mich, den Kopf gesenkt, ab und bitte Gott um die Kraft, die ich brauchen werde. Ich habe immer an Gott geglaubt, an Gott und an die Macht des Gebetes, obwohl mein Glaube, wenn ich ehrlich bin, eine Reihe von Fragen hat aufkommen lassen, die ich gern beantwortet hätte, wenn ich einmal gegangen bin.

Fertig jetzt. Die Brille aufgesetzt. Die Lupe aus der Tasche gezogen. Ich lege sie einen Augenblick auf den Tisch, während ich das Tagebuch aufschlage. Zweimal über die Kuppe des knotigen Fingers geleckt, um den abgenutzten Deckel zu wenden und die erste Seite aufzuschlagen. Dann die Lupe darübergehalten.

Kurz bevor ich anfange zu lesen, kommt jedesmal ein Augenblick, in dem mir der Atem stockt und ich mich frage, wird es diesmal geschehen? Ich weiß es nicht, ich weiß es nie vorher, und im Grunde ist es auch nicht wichtig. Es ist die Möglichkeit, nicht die Gewißheit, die mich fortfahren läßt, eine Wette mit mir selbst, könnte man sagen. Und auch wenn Sie mich für einen Träumer oder Narren oder sonstwas halten, glaube ich, daß alles möglich ist.

Alles spricht dagegen, das ist mir klar, vor allem die Wissenschaft. Doch Wissenschaft ist nicht die ganze Antwort, das weiß ich, das hat mich das Leben gelehrt. Und deshalb glaube ich, daß Wunder, wie unerklärlich, wie unglaublich sie auch sind, wirklich geschehen können, ungeachtet der natürlichen Ordnung der Dinge.

Und so beginne ich wieder, wie jeden Tag, laut aus meinem Tagebuch vorzulesen, damit sie es hören kann, in der Hoffnung, daß das Wunder, das mein Leben beherrscht, noch einmal wahr wird.

Und vielleicht, ja, vielleicht wird es diesmal geschehen.

Gespenster

Es war Anfang Oktober 1946, und Noah Calhoun beobachtete auf seiner Veranda, wie die Sonne sich langsam neigte. Er saß gern abends hier, vor allem nach einem harten Arbeitstag; dann ließ er seine Gedanken schweifen, ließ ihnen freien Lauf. So entspannte er – eine Gewohnheit, die er von seinem Vater übernommen hatte.

Besonders gern betrachtete er die Bäume, die sich im Fluß spiegelten. Die Bäume in North Carolina sind atemberaubend in ihrer Herbstfärbung – Grün, Gelb, Rot und Orange in allen denkbaren Schattierungen. Ihre Farbenpracht leuchtet im späten Sonnenlicht, und wohl zum hundertsten Male fragte sich Noah Calhoun, ob die ersten Bewohner des Hauses ihre Abende mit ähnlichen Gedanken zugebracht hatten.

Das Hauptgebäude, 1772 errichtet, hatte zu einer Plantage gehört und zählte zu den ältesten und größten Landhäusern in New Bern. Noah hatte es gleich nach dem Krieg gekauft und die letzten elf Monate sowie ein kleines Vermögen gebraucht, um es zu renovieren. Ein Reporter von der Raleigher Tageszeitung hatte vor wenigen Wochen in einem Artikel darüber berichtet und geschrieben, es seien die gelungensten Renovierungsarbeiten, die er je gesehen habe. Das mochte zutreffen, wenigstens für das Haus. Der restliche Besitz war eine andere Geschichte, und damit hatte Noah die meisten Stunden des Tages zugebracht.

Zum Haus gehörte ein etwa zehn Hektar großes Grundstück, das an den Fluß, den Brices Creek, grenzte. An den anderen drei Seiten mußte der Holzzaun ausgebessert, nach Trockenfäule oder Termiten abgesucht und an manchen Stellen völlig erneuert werden. Damit war er die letzten Tage vor allem beschäftigt gewesen, und es gab noch eine Menge zu tun, besonders an der Westseite. Als er vor einer halben Stunde sein Werkzeug zur Seite legte, hatte er sich vorgenommen, beim Lager anzurufen und eine weitere Holzlieferung zu bestellen. Er ging ins Haus, trank ein Glas gesüßten Tee und duschte. Er duschte jeden Abend, und mit dem Wasser wurden sowohl der Schmutz als auch die Müdigkeit fortgespült.

Danach kämmte er sein Haar zurück und schlüpfte in saubere verblichene Jeans und ein langärmeliges blaues Hemd. Er schenkte sich ein weiteres Glas Tee ein und ging auf die Veranda zurück, wo er sich, wie jeden Abend, niederließ.

Er streckte die Arme aus, über den Kopf, dann zu beiden Seiten und rollte kräftig mit den Schultern, auch das eine alte Gewohnheit. Er fühlte sich gut, sauber und frisch. Seine Muskeln waren müde und würden morgen etwas schmerzen, doch er war zufrieden mit dem, was er an diesem Tag geleistet hatte.

Er griff nach seiner Gitarre, dachte dabei an seinen Vater und wie sehr er ihm fehlte. Er schlug langsam einen Akkord an, stimmte zwei Saiten nach, schlug einen weiteren Akkord an. Dann begann er zu spielen. Sanfte Klänge, ruhige Klänge. Er summte eine Weile und fing erst, als die Dämmerung hereinbrach, laut zu singen an. Er spielte und sang, bis der Himmel vollständig dunkel war.

Es war kurz nach sieben, als er die Gitarre zur Seite legte. Er nahm wieder in seinem Schaukelstuhl Platz und wiegte sich langsam vor und zurück. Und wie immer blickte er hinauf, sah den Orion, den Großen Bären, die Zwillinge und den Polarstern am Herbsthimmel schimmern.

Er rechnete im Kopf seine Ausgaben zusammen, hielt dann inne. Er hatte fast seine gesamten Ersparnisse für das Haus aufgebraucht und würde bald eine neue Stellung suchen müssen. Doch er schob den Gedanken beiseite und beschloß, die restlichen Monate der Hausrenovierung zu genießen, statt sich Sorgen zu machen. Die Rechnung würde schon aufgehen, so wie immer. Außerdem langweilte es ihn, über Gelddinge nachzudenken. Er hatte schon früh gelernt, sich an den einfachen Dingen des Lebens zu erfreuen, an Dingen, die nicht käuflich sind, und es fiel ihm schwer, Menschen zu verstehen, die anders dachten und fühlten. Auch das war ein Charakterzug, den er von seinem Vater hatte.

Seine Jagdhündin Clem kam herüber und beschnupperte seine Hand, bevor sie sich zu seinen Füßen niederließ. »He, Mädchen, alles in Ordnung?« Er streichelte ihren Kopf, und sie winselte zur Antwort, die sanften runden Augen auf ihn gerichtet. Bei einem Autounfall war ihr ein Hinterbein überfahren worden, doch sie konnte trotzdem noch ganz gut laufen und leistete ihm an ruhigen Abenden wie diesem Gesellschaft.

Er war jetzt einunddreißig, nicht zu alt, doch alt genug, um einsam zu sein. Er war nicht mehr ausgegangen, seitdem er wieder hierher zurückgekommen war, hatte niemanden kennengelernt, der ihn interessierte. Es war seine Schuld, das wußte er. Es gab etwas, das einen Abstand zwischen ihm und jeder Frau entstehen ließ, die ihm näherkommen wollte, etwas, das er nicht glaubte ändern zu können, selbst wenn er es gewollt hätte. Und manchmal, kurz vor dem Einschlafen, fragte er sich, ob es sein Schicksal war, für immer allein zu sein.

Der Abend blieb angenehm warm. Noah lauschte den Grillen und dem Rauschen der Blätter und dachte, daß die Laute der Natur wirklicher waren und tiefere Gefühle auslösten als Dinge wie Autos und Flugzeuge. Natürliche Dinge gaben mehr, als sie nahmen, und ihre Geräusche erinnerten ihn stets daran, wie der Mensch eigentlich sein sollte. Es hatte Zeiten gegeben während des Krieges, vor allem nach einem Großangriff, in denen er sich oft diese simplen Geräusche vorgestellt hatte. »Es wird dir helfen, nicht den Verstand zu verlieren«, hatte ihm sein Vater am Tag seiner Einschiffung gesagt. »Es ist Gottes Musik, und sie wird dich heil zurückbringen.«

Er trank seinen Tee aus, trat ins Haus, holte sich ein Buch und machte, als er wieder nach draußen ging, das Verandalicht an. Er setzte sich und betrachtete das Buch auf seinem Schoß. Es war alt, der Deckel war halb zerfetzt, und die Seiten waren mit Wasser- und Schmutzflecken übersät. *Grashalme* von Walt Whitman, er hatte den Band während der ganzen Kriegsjahre bei sich gehabt. Einmal hatte das Buch sogar eine für ihn bestimmte Kugel abgefangen.

Er strich über den Einband, wischte den Staub ab. Dann schlug er das Buch aufs Geratewohl auf und begann zu lesen:

Dies ist deine Stunde, o Seele, dein freier Flug in das Wortlose,

Fort von Büchern, fort von der Kunst, der Tag ausgelöscht, die Aufgabe getan,
Du tauchst empor, lautlos, schauend, den Dingen nachsinnend, die du am meisten liebst,
Nacht, Schlaf, Tod und die Sterne

Er lächelte still vor sich hin. Irgendwie erinnerte Whitman ihn immer an New Bern, und er war froh, wieder hier zu sein. Vierzehn Jahre war er von hier fort gewesen, dennoch war dies seine Heimat, und er kannte eine Menge Leute hier, hauptsächlich aus seiner frühen Jugend. Das war nicht verwunderlich. Wie in so vielen Städten des Südens änderten sich ihre Bewohner kaum, sie wurden nur ein wenig älter.

Sein bester Freund war Gus, ein siebzigjähriger Schwarzer, der etwas weiter die Straße hinunter wohnte. Sie hatten sich zwei Wochen nach Noahs Hauskauf kennengelernt. Gus hatte eines Abends mit einer Flasche selbstgebranntem Schnaps vor der Tür gestanden, und die beiden hatten sich ihren ersten gemeinsamen Rausch angetrunken und sich bis spät in die Nacht Geschichten erzählt.

Von da an tauchte Gus etwa zweimal die Woche auf, gewöhnlich gegen acht Uhr abends. Mit vier Kindern und elf Enkelkindern im Haus brauchte er ab und zu unbedingt einen Tapetenwechsel. Meist brachte er seine Mundharmonika mit, und wenn sie eine Weile miteinander geredet hatten, spielten sie ein paar Lieder zusammen. Manchmal spielten sie viele Stunden.

Er betrachtete Gus bald als eine Art ›Familienersatz‹, denn er hatte sonst niemanden, seitdem sein Vater im letzten Jahr gestorben war. Er besaß keine Geschwister; seine Mutter war gestorben, als er zwei war, und er hatte, obwohl er es einmal wollte, auch nie geheiratet.

Einmal aber hatte er geliebt, daran gab es keinen Zweifel. Einmal, nur einmal und das vor langer Zeit. Und es hatte ihn für immer verändert. Wahre Liebe verändert den Menschen, und es war echte Liebe gewesen.

Kleine Wölkchen trieben von der Küste her über den Abendhimmel, wurden silbrig im Schein des Mondes. Als sie dichter wurden, legte er den Kopf auf die Rückenlehne des Schaukelstuhls. Seine Beine bewegten sich automatisch, hielten den Rhythmus bei, und wie fast jeden Tag, schweiften seine Gedanken zu einer ähnlich warmen Nacht, die vierzehn Jahre zurücklag.

Es war 1932, kurz nach seiner Reifeprüfung, am Eröffnungsabend des Neuse River Festival. Die ganze Stadt war auf den Beinen, amüsierte sich bei Tanz und Glücksspiel oder an den Getränkeständen und Bratspießen. Es war schwül an jenem Abend, daran konnte er sich noch genau erinnern. Er war allein gekommen, und als er, auf der Suche nach Freunden, durch die Menge schlenderte, sah er Fin und Sarah, mit denen er zur Schule gegangen war, mit einem Mädchen plaudern, das er noch nie gesehen hatte. Sie war sehr hübsch, das war sein erster Gedanke gewesen, und als er sich seinen Weg zu ihnen gebahnt hatte, schaute sie mit ihren betörenden Augen zu ihm auf. »Hallo«, sagte sie einfach und streckte ihm die Hand entgegen. »Finley hat mir viel von dir erzählt.«

Ein ganz gewöhnlicher Beginn, den er, wäre sie es nicht gewesen, längst vergessen hätte. Doch als er ihr die Hand schüttelte und sein Blick in ihre smaragdgrünen Augen tauchte, wußte er, bevor er den nächsten Atemzug tat, daß sie für ihn die Richtige, die Einzige war und es auch immer sein würde. So gut schien sie, so vollkommen, und der Sommerwind rauschte in den Bäumen.

Von da an ging alles rasend schnell. Fin erzählte ihm, daß sie den Sommer mit ihrer Familie in New Bern verbrachte, weil ihr Vater für R. J. Reynolds arbeitete, und obwohl er nur nickte, sagte ihr Blick, daß sie verstand. Fin lachte, denn er wußte, was da geschah, und die Vier blieben den ganzen Abend zusammen, bis das Fest zu Ende war und die Menge sich zerstreute.

Sie trafen sich am nächsten und übernächsten Tag und waren bald unzertrennlich. Jeden Morgen – bis auf sonntags, wenn er zur Kirche ging – erledigte er seine häuslichen Pflichten so schnell wie möglich, und eilte zum »Fort Totten Park«, wo sie schon auf ihn wartete. Da sie nie in einer Kleinstadt gelebt hatte, verbrachten sie ihre Tage mit Dingen, die ihr völlig neu waren. Er machte sie mit Angel und Köder vertraut, um im seichten Wasser Barsche zu fangen, und durchstreifte mit ihr den geheimnisvollen Croaton Forest. Sie fuhren Kanu und beobachteten Sommergewitter, und es kam ihm so vor, als hätten sie sich schon immer gekannt.

Doch auch er lernte Neues. Beim Tanzfest in der Tabakscheune brachte sie ihm Walzer und Charleston bei, und obwohl er sich anfangs etwas unbeholfen anstellte, zahlte sich ihre Geduld aus, und sie tanzten zusammen, bis die Musik verstummte. Danach brachte er sie nach Hause, und beim Abschied auf der Veranda küßte er sie zum erstenmal und wunderte sich danach, warum er so lange damit gewartet hatte. Später in jenem Sommer führte er sie zu diesem Haus, das damals zum Teil verfallen war, und sagte ihr, daß er es eines Tages kaufen und wieder aufbauen würde. Sie sprachen von ihren Träumen – sie wollte Künstlerin werden, er die Welt bereisen –, und in einer heißen Augustnacht verloren sie ihre Unschuld. Als sie drei Wochen später abreiste, nahm sie ein Stück von ihm und den Rest des Sommers mit sich fort. An einem frühen regnerischen Morgen, nach einer schlaflosen Nacht, sah er sie die Stadt verlassen. Er ging nach Hause, packte seine Reisetasche und verbrachte die folgende Woche allein auf Harkers Island.

Noah strich sich mit den Fingern durchs Haar und sah auf die Uhr. Zwölf nach acht. Er stand auf, ging zur Vorderseite des Hauses, schaute die Straße hinunter. Gus war nicht zu sehen, und Noah rechnete nicht mehr damit, daß er noch kommen würde. Er ging zurück zu seinem Schaukelstuhl und setzte sich wieder.

Er erinnerte sich daran, mit Gus über sie gesprochen zu haben. Als er sie das erste Mal erwähnte, schüttelte Gus lachend den Kopf. »Das also ist das Gespenst, vor dem du wegläufst.« Als Noah fragte, was er damit meine, sagte Gus: »Du weißt schon, das Gespenst, die Erinnerung. Ich sehe doch, wie du arbeitest, Tag und Nacht, wie du schuftest, dir kaum Zeit zum Atmen läßt. Dafür gibt es nur drei Gründe: Entweder man ist verrückt, oder man ist dumm, oder man will etwas vergessen. Und bei dir wußte ich gleich, du willst etwas vergessen. Ich wußte nur nicht, was.«

Er dachte über Gus' Worte nach. Gus hatte natürlich recht. Ein Gespenst ging um in New Bern. Der Geist ihrer Erinnerung. Er sah sie im »Fort Totten Park«, ihrem

Treffpunkt, immer wenn er vorbeiging. Da hinten auf der Bank oder gleich neben der Eingangstür, immer ein Lächeln um die Lippen, das blonde Haar sanft über die Schultern fallend, die Augen grün wie Smaragde. Und wenn er abends mit der Gitarre auf der Veranda saß, sah er sie neben sich, wie sie still den Klängen aus seiner Kindheit lauschte.

Oder wenn er zu Gaston's Drugstore ging oder ins Masonic Theater, oder auch, wenn er nur durch die Stadt schlenderte. Überall, wohin er schaute, sah er ihr Bild, sah er Dinge, die sie wieder zum Leben erweckten.

Es war seltsam. Er war in New Bern aufgewachsen. Hatte seine ersten siebzehn Jahre hier verlebt. Aber wenn er an New Bern dachte, schien er sich nur an den einen Sommer zu erinnern, den Sommer, den sie zusammen verbracht hatten. Andere Erinnerungen waren nur Fragmente, einzelne Bruchstücke aus der Zeit des Heranwachsens, und nur wenige, wenn überhaupt, erweckten Gefühle in ihm.

Er hatte Gus eines Abends davon erzählt, und Gus hatte ihn nicht nur verstanden, er hatte ihm auch eine Erklärung geliefert. »Mein Dad hat immer gesagt: ›Wenn du dich das erste Mal verliebst, dann verändert es dein Leben für immer, und wie sehr du dich auch bemühst, das Gefühl geht nie vorbei.‹ Das Mädchen, von dem du mir erzählst, war deine erste Liebe. Und was du auch tust, sie wird immer bei dir sein.«

Noah schüttelte den Kopf, und als ihr Bild zu verblassen begann, kehrte er zu seinem Whitman zurück. Er las noch eine Stunde, blickte manchmal auf, wenn er Waschbären und Beutelratten am Flußufer entlanghuschen hörte. Um halb zehn klappte er sein

Buch zu, ging hinauf in sein Schlafzimmer, schrieb in sein Tagebuch – Persönliches und auch Praktisches, wie die Arbeiten an seinem Haus. Vierzig Minuten später schlief er. Clem kam die Treppe herauf, schnüffelte an seinem Bett, drehte sich ein paarmal um die eigene Achse, bevor sie sich am Fußende zusammenrollte.

* * *

Am selben Abend, nur hundert Meilen entfernt, saß sie allein auf der Verandaschaukel des elterlichen Hauses, ein Bein unter sich geschlagen. Die Sitzfläche war etwas feucht gewesen, als sie sich draußen hinsetzte; es hatte vorher heftig geregnet, doch die Wolken lockerten jetzt auf, und sie blickte zum Himmel, wo die ersten Sterne sichtbar wurden, und fragte sich, ob sie die richtige Entscheidung getroffen hatte. Sie hatte tagelang mit sich gerungen – auch diesen Abend wieder –, doch sie wußte, sie würde es sich nie verzeihen, wenn sie diese Gelegenheit einfach verstreichen ließe.

Lon wußte nicht, warum sie am nächsten Morgen wegfahren wollte. Eine Woche zuvor hatte sie vage angedeutet, sie würde vielleicht ein paar Antiquitätenläden an der Küste aufsuchen. »Nur für zwei, drei Tage«, hatte sie gesagt. »Außerdem brauche ich eine Verschnaufpause zwischen den Hochzeitsvorbereitungen.« Sie hatte sich geschämt, so zu lügen, doch sie hätte ihm unmöglich die Wahrheit sagen können. Ihre Reise hatte nichts mit ihm zu tun, und es wäre unfair gewesen, ihn um Verständnis zu bitten.

Es war eine zügige Fahrt von Raleigh, kaum mehr als zwei Autostunden, und sie kam kurz vor elf in der

Stadt an. Sie nahm sich ein Zimmer in einem kleinen Hotel im Zentrum, packte ihren Koffer aus, hängte die Kleider in den Schrank, legte die restlichen Sachen in die Fächer. Sie aß rasch zu Mittag, fragte die Bedienung nach den verschiedenen Antiquitätenläden in der Stadt und verbrachte die folgenden Stunden mit Einkäufen. Gegen halb fünf war sie wieder in ihrem Zimmer.

Sie hockte auf der Bettkante, griff zum Telefon und rief Lon an. Er konnte nicht lange sprechen, da er einen Gerichtstermin hatte, so gab sie ihm rasch die Telefonnummer des Hotels und versprach, sich am nächsten Tag zu melden. Gut, dachte sie, als sie den Hörer auflegte. Die üblichen Alltagsgespräche. Nichts Außergewöhnliches. Nichts, das ihn mißtrauisch machen würde.

Sie waren jetzt seit fast vier Jahren zusammen. 1942 hatte sie ihn kennengelernt; die Welt lag im Krieg, und auch Amerika war seit einem Jahr dabei. Jeder daheim übernahm seinen Part, sie als freiwillige Helferin in einem Lazarett in der Stadt. Sie wurde dort gebraucht und geschätzt, doch es war schwerer, als sie gedacht hatte. Die ersten jungen verwundeten Soldaten wurden heimgeflogen, und sie verbrachte ihre Tage mit gebrochenen Männern und zerschmetterten Leibern. Mehrere starben, während sie ihnen übers Haar strich, ihre Hand hielt. Als sie Lon mit seinem natürlichen Charme auf einer Weihnachtsparty kennenlernte, sah sie in ihm genau das, was sie brauchte: einen Menschen mit Vertrauen in die Zukunft und mit Humor, einen Mann, der ihre Ängste vertrieb.

Er war attraktiv, intelligent und ehrgeizig, ein erfolgreicher Anwalt, acht Jahre älter als sie, ein Mann, der seinem Beruf mit Leidenschaft nachging, nicht nur um

Prozesse zu gewinnen, sondern um sich einen Namen zu machen. Sie hatte Verständnis für sein Streben nach Erfolg, weil ihr Vater und die meisten Männer aus ihren gesellschaftlichen Kreisen ganz ähnlich waren. Er war so erzogen wie sie, und im Kastensystem der Südstaaten spielten Familienname und Leistung oft eine wichtige Rolle in der Ehe – in manchen Fällen die einzig wichtige.

Obwohl sie seit ihrer Kindheit insgeheim gegen diese Vorstellung rebelliert und ein paar Flirts mit Männern gehabt hatte, die bestenfalls verwegen zu nennen waren, hatte sie sich von Lons Charme angezogen gefühlt und ihn langsam lieben gelernt. Trotz der langen Stunden, die er in seiner Kanzlei verbrachte, war er gut zu ihr. Er war ein Gentleman, durch und durch, reif und verantwortungsvoll, und als sie Trost gebraucht hatte in jenen schrecklichen Kriegszeiten, war er stets für sie da gewesen. Sie fühlte sich geborgen an seiner Seite und wußte, daß auch er sie liebte, und das war der Grund, weshalb sie seinen Antrag angenommen hatte.

Wenn sie daran dachte, bekam sie ein schlechtes Gewissen, und eigentlich hätte sie auf der Stelle ihre Koffer packen und abreisen müssen, bevor sie sich 's anders überlegte. Sie hatte es schon einmal getan, vor langer Zeit, und wenn sie jetzt ging, würde sie nie mehr die Kraft dazu aufbringen zurückzukehren, das stand fest. Sie griff nach ihrem Notizbuch, zögerte, war schon unterwegs zur Tür … Doch der Zufall hatte sie hergeführt. Sie legte das Notizbuch wieder hin und machte sich noch einmal klar, daß sie, wenn sie jetzt abreiste, für immer darüber nachdenken würde, was geschehen wäre. Und sie glaubte, damit nicht leben zu können.

Sie ging ins Badezimmer, ließ sich ein Bad einlaufen. Nachdem sie die Temperatur überprüft hatte, eilte sie zum Frisiertisch und nahm unterwegs ihre goldenen Ohrringe ab. Sie fand ihr Reisenecessaire, nahm ein Rasiermesser und ein Stück Seife heraus. Dann zog sie sich vor der Spiegelkommode aus.

Seit ihrer Jugend galt sie als hübsch, und als sie jetzt nackt war, betrachtete sie sich im Spiegel. Ihr Körper war schmal gebaut und gut proportioniert, ihre Brüste waren sanft gerundet, Taille und Beine waren schlank. Von ihrer Mutter hatte sie die hohen Wangenknochen, die glatte Haut, das blonde Haar. Aber das Schönste waren ihre Augen. »Sie sind wie Meereswellen«, sagte Lon immer.

Sie nahm Rasiermesser und Seife, kehrte ins Badezimmer zurück, legte ein Handtuch in Reichweite und stieg in die Wanne.

Sie genoß die entspannende Wirkung des Bades und ließ sich so tief wie möglich ins Wasser gleiten. Der Tag war lang gewesen, und der Rücken schmerzte sie ein wenig, doch sie war froh, ihre Einkäufe so rasch erledigt zu haben. Sie brauchte etwas Handfestes, das sie bei ihrer Rückkehr in Raleigh vorzeigen konnte, und die Sachen, die sie ausgesucht hatte, waren genau das Richtige. Sie beschloß, sich die Namen von weiteren Geschäften in der Gegend um Beaufort geben zu lassen, fragte sich dann aber, ob es wirklich nötig war. Es war nicht Lons Art, sie zu kontrollieren.

Sie seifte sich ein und begann, sich die Beine zu rasieren. Dabei dachte sie an ihre Eltern und fragte sich, was sie von ihrer Reise halten würden. Sie wären gewiß dagegen, vor allem ihre Mutter. Ihre Mutter hatte nie akzeptiert, was damals im Sommer, den sie hier verbracht hatten, geschehen war, und sie würde es auch jetzt nicht akzeptieren, ganz gleich wie sie es begründete.

Sie blieb noch eine Weile im Wasser, ehe sie aus der Wanne stieg und sich abtrocknete. Sie ging zum Schrank, suchte nach einem passenden Kleid, wählte ein langes gelbes, leicht dekolletiertes, wie man es im Süden trägt. Sie schlüpfte hinein und betrachtete sich im Spiegel, wobei sie sich mal zur einen, mal zur anderen Seite drehte. Es stand ihr gut, betonte ihre Figur, doch sie entschied sich dagegen und hängte es wieder auf den Bügel.

Statt dessen wählte sie ein etwas sportlicheres, weniger ausgeschnittenes Kleid – hellblau, vorn geknöpft, mit Spitzenbesatz. Es war nicht ganz so hübsch wie das erste, eher schlicht, doch, wie sie fand, dem Anlaß angemessener.

Sie schminkte sich kaum, benutzte nur eine Spur von Lidschatten und Wimperntusche, um ihre Augen zu betonen. Dann nahm sie etwas Parfum, nicht zuviel. Sie suchte sich ein Paar zierliche Ohrringe heraus, legte sie an und schlüpfte in die flachen braunen Sandalen, die sie schon vorher getragen hatte. Sie bürstete ihr blondes Haar, steckte es hoch und schaute in den Spiegel. Nein, das war zuviel, dachte sie, und ließ es wieder über die Schulter fallen. Besser.

Als sie fertig war, trat sie zurück und musterte sich kritisch. Sie sah gut aus, nicht zu schick, nicht zu salopp. Sie wollte nichts übertreiben. Schließlich wußte sie gar nicht, was sie erwartete. Es war lange her – sicher zu lange –, und vieles konnte geschehen sein, Dinge, an die sie lieber nicht denken wollte.

Sie schaute an sich hinab, sah, daß ihre Hände zitterten, und mußte lachen. Merkwürdig, sie war doch sonst nicht so nervös. Wie Lon war sie äußerst selbstbewußt, sogar schon als ganz junges Mädchen. Das war manchmal hinderlich gewesen, vor allem bei ihren ersten Rendezvous, hatte es doch die meisten Jungen ihres Alters eingeschüchtert.

Sie griff nach ihrem Notizbuch, den Autoschlüsseln und dann nach dem Zimmerschlüssel. Sie drehte ihn ein paarmal in der Hand und dachte bei sich: »Nun bist du hier, gib jetzt nicht auf.« Sie wollte schon zur Tür gehen, setzte sich aber statt dessen noch einmal aufs Bett. Sie schaute auf ihre Uhr. Fast sechs. Sie würde in wenigen Minuten aufbrechen müssen – sie wollte nicht im Dunkeln ankommen, doch sie brauchte noch etwas Zeit.

»Verdammt!« flüsterte sie. »Was tue ich hier? Was habe ich hier zu suchen? Nichts.« Doch noch während sie es aussprach, wußte sie, daß es nicht stimmte. Sie hatte hier etwas zu suchen – und sei es auch nur eine Antwort.

Sie schlug ihr Notizbuch auf, blätterte darin, bis sie auf ein gefaltetes Stück Zeitungspapier stieß. Sie zog es langsam, fast ehrfurchtsvoll heraus, entfaltete es behutsam, um es nicht zu zerreißen, und starrte eine Weile darauf. »Deswegen bin ich hier«, sagte sie schließlich bei sich. »Darum geht es.«

* * *

Noah stand um fünf Uhr auf und fuhr wie gewöhnlich eine Stunde mit dem Kajak den Brices Creek hinauf. Anschließend zog er seine Arbeitskleidung an, wärmte sich ein paar Brötchen vom Vortag auf, nahm zwei Äpfel und spülte sein Frühstück mit heißem Kaffee hinunter.

Er arbeitete wieder an der Umzäunung, reparierte und ersetzte Pfosten, wo es nötig war. Es herrschte Altweibersommer mit Temperaturen über 26°, und gegen zwölf war er schweißgebadet und erschöpft und freute sich auf seine Mittagspause.

Er picknickte am Fluß, weil die Barsche sprangen. Es machte ihm Freude, sie drei- oder viermal hochspringen und durch die Luft gleiten zu sehen, bevor sie im Brackwasser verschwanden. Irgendwie freute es ihn immer, daß sich ihre Instinkte seit Tausenden, vielleicht Zehntausenden von Jahren nicht verändert hatten.

Manchmal fragte er sich, ob sich die Instinkte des Menschen in diesem Zeitraum verändert hatten, und jedesmal kam er zu dem Schluß, daß sie wohl unverändert geblieben waren. Wenigstens die Urinstinkte. Soweit er wußte, war der Mensch immer aggressiv gewesen, immer bestrebt zu dominieren, sich die Erde und alles darauf zu unterwerfen. Der Krieg in Europa und Japan war ein Beweis.

Kurz nach drei hatte er sein Tagewerk beendet. Er lief zu dem kleinen Schuppen gleich neben seinem Anlegesteg, holte Angelrute und ein paar lebende Köder, die er immer zur Hand hatte, ließ sich auf dem Steg nieder und warf die Angel aus.

Beim Angeln geriet er immer ins Grübeln und dachte über sein Leben nach. So auch jetzt. Nach dem Tod seiner Mutter hatte er in einem Dutzend verschiedener Heime gelebt. Und da er als kleines Kind gestottert hatte, war er ständig gehänselt worden. So begann er, immer weniger zu sprechen, bis er mit fünf fast gänzlich verstummte. Als er ins schulpflichtige Alter kam, glaubten die Lehrer, er sei zurückgeblieben, und rieten, ihn aus der Schule zu nehmen.

Statt dessen aber nahm sein Vater die Dinge dann selbst in die Hand. Er sorgte dafür, daß er in der Schule blieb und nach dem Unterricht ins Holzlager kam, wo er ihn Holz schleppen und stapeln ließ. »Es ist gut, daß wir oft zusammen sind«, sagte er, wenn sie Seite an Seite arbeiteten, »genauso wie mein Vater und ich.«

In den Stunden, die sie zusammen verbrachten, sprach der Vater über Vögel und Tiere, oder er erzählte Geschichten und Legenden aus North Carolina. Nach wenigen Monaten fing der kleine Noah wieder an zu sprechen, doch er stotterte immer noch, und sein Vater beschloß, ihm anhand von Gedichten das Lesen beizubringen. »Lies das hier, laut und immer wieder, und du wirst bald alles sagen können, was du willst.« Auch diesmal hatte sein Vater recht, Noah hörte auf zu stottern. Trotzdem kam er auch weiterhin täglich ins Holzlager, um bei seinem Vater zu sein, und abends las er laut aus den Werken von Whitman und Tennyson vor, während sein Vater neben ihm im Schaukelstuhl saß. Und seit dieser Zeit wurde er nicht müde, die großen Dichter zu lesen.

Als er etwas älter war, verbrachte er die meisten Wochenenden und Ferien allein. Er durchforschte den Croatan Forest mit seinem ersten Kanu, paddelte den Brices Creek zwanzig Meilen hinunter, bis es nicht mehr weiter ging, und wanderte die restlichen Meilen zur Küste. Zelten und Erkunden wurden zu seiner Leidenschaft, und er verbrachte Stunden im Wald. Unter einer Schwarzeiche hockend und vor sich hin pfeifend, spielte er auf seiner Gitarre – für Biber, Gänse und Fischreiher. Dichter wissen, daß Einsamkeit in der Natur, fern von Menschen und den von Menschen gefertigten Dingen, wohltuend für die Seele ist, und er hatte sich immer mit ihnen identifiziert.

Er war ein stiller, zurückhaltender Junge, doch die Jahre der Schwerarbeit im Holzlager sorgten dafür, daß er zu einem der besten Sportler der Schule wurde, und sein sportlicher Erfolg machte ihn allgemein beliebt. Er hatte Spaß an Football und Basketball, aber während die übrigen Mannschaftskameraden auch ihre Freizeit miteinander verbrachten, blieb er lieber allein. Einige wenige fanden ihn arrogant; die meisten aber dachten nur, er sei wohl etwas schneller gewachsen als die anderen. Er hatte hier oder da eine Freundin in der Schule, doch keine war ihm wichtig gewesen. Bis auf eine. Und die kam nach der Reifeprüfung.

Allie. Seine Allie.

Er entsann sich, mit Fin über Allie gesprochen zu haben, nachdem sie das Stadtfest an jenem ersten Abend verlassen hatten. Fin hatte gelacht und dann zwei Dinge vorausgesagt: Sie würden sich ineinander verlieben, und es würde nicht gut ausgehen.

Er fühlte ein leichtes Zerren an der Angelschnur und hoffte, es wäre ein Barsch, doch das Zucken hörte auf. Nachdem er die Angel eingeholt und den Köder überprüft hatte, warf er sie wieder aus.

Fin sollte mit seinen beiden Voraussagen recht behalten. Den ganzen Sommer mußte Allie vor ihren Eltern Ausreden erfinden, wenn sie ihn sehen wollte. Nicht daß sie ihn nicht mochten – er stammte eben nur aus einer anderen Gesellschaftsschicht, war zu arm, und sie würden es niemals dulden, daß ihre Tochter sich mit jemandem wie ihm ernsthaft einließ. »Es ist mir gleich, was meine Eltern denken. Ich liebe dich und werde dich immer lieben«, hatte sie gesagt. »Wir finden schon einen Weg, um beisammenzusein.«

Doch das war nicht möglich gewesen. Anfang September war der Tabak geerntet, und ihr blieb nichts anderes übrig, als mit ihren Eltern nach Winston-Salem zurückzukehren. »Nur der Sommer ist vorüber, Allie, nicht unsere Liebe«, hatte er beim Abschied gesagt. »Sie wird nie aufhören.« Doch es sollte anders kommen. Er hatte nie verstanden warum, aber all seine Briefe waren unbeantwortet geblieben.

Schließlich beschloß er, New Bern zu verlassen, um auf andere Gedanken zu kommen, aber auch deshalb, weil seine Heimat besonders schwer von der Weltwirtschaftskrise betroffen war. Er ging zunächst nach Norfolk und arbeitete sechs Monate auf einer Schiffswerft, bis er entlassen wurde, und zog dann weiter nach New Jersey, weil er gehört hatte, daß die Lage dort weniger hoffnungslos sei.

Dort fand er schließlich eine Stelle auf einem Schrottplatz, wo er Altmetall von anderen Materialien aussondern mußte. Der Eigentümer, ein Jude namens Morris Goldman, war darauf aus, so viel Altmetall wie möglich anzusammeln, denn er war überzeugt, daß Europa kurz vor einem Krieg stand, in den auch Amerika hineingezogen würde. Die Gründe waren Noah unwichtig. Er war nur froh, eine Stelle gefunden zu haben.

Seine Jahre im Holzlager hatten ihn gekräftigt, und er arbeitete hart. Das half ihm nicht nur, Allie tagsüber aus seinen Gedanken zu verdrängen, er hielt es auch für seine Pflicht. Sein Vater hatte immer gesagt: »Guter Lohn verlangt gute Arbeit. Alles andere ist Diebstahl.« Diese Einstellung gefiel seinem Chef. »Ein Jammer, daß du kein Jude bist!« pflegte Goldman zu sagen. »Sonst bist du ein feiner Kerl.« Das war das größte Kompliment, das er von Goldman erwarten konnte.

Er dachte weiter an Allie, vor allem nachts. Er schrieb ihr einmal im Monat, ohne jemals eine Antwort zu erhalten. Schließlich schrieb er einen letzten Brief und zwang sich zu akzeptieren, daß der Sommer, den sie miteinander verbracht hatten, das einzige Gemeinsame für sie gewesen sein sollte.

Und doch konnte er sie nicht vergessen. Drei Jahre nach diesem letzten Brief reiste er nach Winston-Salem in der Hoffnung, sie zu finden. Er ging zu ihrem Haus, stellte fest, daß sie umgezogen war, und rief, nachdem er mit mehreren Nachbarn gesprochen hatte, bei R. J. Reynolds an. Das Mädchen am Telefon war neu und kannte den Namen nicht, doch sie durchsuchte die persönlichen Unterlagen. Sie fand heraus, daß Allies Vater die Firma verlassen und keine neue Adresse angegeben hatte. Diese Reise war sein erster und letzter Versuch, sie ausfindig zu machen.

Acht Jahre war er bei Goldman beschäftigt, zunächst einfach als einer von zwölf Angestellten, mit der Zeit aber vergrößerte sich die Firma, und er wurde befördert. Bis 1940 hatte er sich so weit hochgearbeitet, daß er vom Ankauf bis zum Verkauf sämtliche Geschäfte abwickeln konnte und einer Belegschaft von dreißig Mann vorstand. Die Firma Goldman war zum größten Altmetallhändler der ganzen Ostküste geworden.

In dieser Zeit hatte er mehrere Liebschaften, darunter eine längere – eine Kellnerin mit tiefblauen Augen und seidigem schwarzen Haar. Obwohl sie zwei Jahre befreundet waren und eine gute Zeit miteinander hatten, empfand er für sie nie das gleiche wie für Allie.

Doch auch sie konnte er nicht vergessen. Sie war einige Jahre älter als er, und sie war es, die ihn lehrte, wie man einer Frau Genuß bereitet, wie man sie berührt und küßt, welche Liebesworte man flüstert. Sie verbrachten bisweilen ganze Tage im Bett und liebten sich auf eine Weise, die beiden Befriedigung brachte.

Sie hatte gewußt, daß es nicht für immer sein würde. Als sich ihre Beziehung dem Ende näherte, hatte sie einmal zu ihm gesagt: »Ich wünschte, ich könnte dir geben, wonach du suchst, doch ich weiß nicht, was es ist. Da ist etwas in dir, das du vor jedem verschlossen hältst, auch vor mir. Es ist so, als wäre ich gar nicht die, bei der du wirklich bist. Deine Gedanken sind bei einer anderen.«

Er versuchte, es abzustreiten, doch sie glaubte ihm nicht. »Ich bin eine Frau – ich spüre sowas. Manchmal, wenn du mich anschaust, fühle ich, daß du eine andere siehst. Als wartetest du darauf, daß sie plötzlich aus dem Nichts auftaucht und dich von all dem hier wegführt …« Einen Monat später suchte sie ihn an seinem Arbeitsplatz auf und sagte ihm, es gebe einen anderen. Er hatte Verständnis. Sie gingen als Freunde auseinander, und im Jahr darauf erhielt er eine Postkarte, auf der sie ihm mitteilte, daß sie geheiratet habe. Seitdem hatte er nichts mehr von ihr gehört.

Während er in New Jersey lebte, besuchte er seinen Vater einmal im Jahr, stets um Weihnachten. Sie verbrachten ihre Zeit mit Angeln und langen Gesprächen, und hin und wieder unternahmen sie einen Ausflug an die Küste, um an den Outer Banks bei Ocracoke zu zelten.

Im Dezember 1941, als er sechsundzwanzig war, begann der Krieg, genau wie Goldman es vorausgesagt hatte. Einen Monat später trat Noah in Goldmans Büro und teilte ihm mit, daß er sich freiwillig melden wolle. Dann reiste er nach New Bern, um Abschied von seinem

Vater zu nehmen. Fünf Wochen später fand er sich in einem Rekrutenlager wieder. Dort erhielt er einen Brief von Goldman, in dem er ihm für seine Arbeit dankte, dazu die Kopie einer Bescheinigung, die ihm einen kleinen Anteil an seinem Unternehmen sicherte, sollte es jemals verkauft werden. ›Ohne dich hätte ich es nicht geschafft‹, hieß es in dem Brief. ›Du bist der netteste Bursche, der je für mich gearbeitet hat, auch wenn du kein Jude bist.‹

Die nächsten drei Jahre verbrachte er in Pattons 3. Armee, zog durch die Wüsten Nordafrikas und die Wälder Europas, fünfzehn Kilo auf dem Buckel. Seine Einheit war immer mitten im Kriegsgeschehen. Er sah Freunde neben sich sterben, sah, wie manche Tausende Meilen von der Heimat entfernt begraben wurden. In einem Schützengraben nahe dem Rhein meinte er einmal Allie zu sehen, die über ihn wachte.

Dann kam das Kriegsende in Europa und wenige Monate später auch in Japan. Kurz vor seiner Entlassung erhielt er den Brief eines Rechtsanwalts aus New Jersey, der Morris Goldman vertrat. Als er den Anwalt aufsuchte, erfuhr er, daß Goldman ein Jahr zuvor gestorben war und man sein Geschäft verkauft hatte. Wie versprochen, erhielt Noah einen Anteil aus dem Verkaufserlös – einen Scheck über fast siebzigtausend Dollar, den er erstaunlich gelassen entgegennahm.

Eine Woche später kehrte er nach New Bern zurück und kaufte sich das Haus. Er dachte daran, wie er seinen Vater herumgeführt und ihm gezeigt hatte, was er renovieren und wo er Veränderungen vornehmen wollte. Sein Vater schien erschöpft, hustete viel und rang nach Luft. Noah war besorgt, doch sein Vater beruhigte ihn, sagte, es sei nur eine Erkältung.

Knapp einen Monat später starb sein Vater an einer Lungenentzündung und wurde neben seiner Frau auf dem Ortsfriedhof beerdigt. Noah ging regelmäßig hin und legte Blumen aufs Grab. Und jeden Abend nahm er sich einen Augenblick Zeit, um seiner zu gedenken und für den Mann zu beten, der ihn alles Wesentliche im Leben gelehrt hatte.

Er packte sein Angelzeug ein, verstaute es im Schuppen und ging zum Haus zurück. Martha Shaw wartete vor der Tür; sie hatte drei selbstgebackene Brote mitgebracht als Dank für seine Hilfe. Ihr Mann war im Krieg gefallen und hatte sie mit drei Kindern in einer ärmlichen Hütte zurückgelassen. Der Winter war nicht mehr weit, und Noah hatte in der Woche zuvor das Dach ausgebessert, die zerbrochenen Fensterscheiben ersetzt, die anderen Fenster abgedichtet und den Holzofen repariert. Nun würden sie mit Gottes Hilfe durch den Winter kommen.

Nachdem sie wieder gegangen war, fuhr er mit seinem klapprigen Kleinlaster zu Gus. Er hielt immer bei Gus' Familie an, wenn er zum Einkaufen fuhr, denn sie hatten keinen Wagen. Eine der Töchter kletterte zu ihm ins Führerhaus, und sie erledigten ihre Einkäufe in Capers General Store. Als er nach Hause zurückkam, packte er seine Lebensmittel nicht sofort aus, sondern duschte zunächst, holte sich eine Flasche Budweiser und ein Buch von Dylan Thomas und ließ sich auf der Veranda nieder.

* * *

Sie konnte es noch immer nicht glauben, auch als sie den Beweis schon in Händen hielt.

Sie hatte es in der Raleigher Tageszeitung gelesen, vor drei Wochen, als sie im Haus ihrer Eltern war. Sie war in die Küche gegangen, um sich eine Tasse Kaffee zu holen, und als sie ins Wohnzimmer zurückkam, hatte ihr Vater gelächelt und auf ein kleines Foto gezeigt. »Erinnerst du dich?«

Mit diesen Worten reichte er ihr die Zeitung, und nachdem sie einen ersten gleichgültigen Blick darauf geworfen hatte, erregte das Bild ihre ganze Aufmerksamkeit, und sie schaute genauer hin. »Das kann nicht sein«, flüsterte sie, und als ihr Vater neugierig aufschaute, wich sie seinem Blick aus, ließ sich auf einen Stuhl sinken und las den ganzen Artikel. Sie entsann sich unklar, daß ihre Mutter an den Tisch trat und ihr gegenüber Platz nahm. Als sie die Zeitung schließlich zur Seite legte, sah ihre Mutter sie mit demselben Ausdruck an wie ihr Vater kurz zuvor. »Alles in Ordnung?« fragte sie über ihre Kaffeetasse hinweg. »Du bist ja ganz blaß.« Sie konnte nicht antworten, und das war der Augenblick, in dem sie bemerkte, daß ihre Hände zitterten. Der Augenblick, mit dem alles begann.

»Und hier wird es enden, so oder so«, flüsterte sie. Sie faltete den Zeitungsausschnitt zusammen, steckte ihn wieder in ihr Notizbuch. Dabei erinnerte sie sich, daß sie die Zeitung an jenem Tag, als sie das Haus verließ, mitgenommen hatte, um den Artikel ausschneiden zu können. Sie las ihn noch einmal, bevor sie abends zu Bett ging, und versuchte, sich den Zufall zu erklären, las ihn am nächsten Morgen ein weiteres Mal, als wollte sie sicher gehen, daß dies alles nicht nur ein Traum gewesen war. Und jetzt, nach drei Wochen langer einsamer Spaziergänge, nach drei Wochen der Ablenkung hatte dieser Artikel sie hierhergeführt.

Ihr launisches Verhalten begründete sie mit Streß. Eine perfekte Entschuldigung. Jeder konnte sie verstehen, selbst Lon, der deshalb sofort zugestimmt hatte, als sie sagte, daß sie für ein paar Tage wegfahren wolle. Die Hochzeitsvorbereitungen waren in der Tat für alle Beteiligten aufreibend. Fast fünfhundert Gäste waren geladen, darunter der Gouverneur, ein Senator und der Botschafter von Peru. All das war ihr zuviel, doch ihre Verlobung hatte Furore gemacht und beherrschte die Klatschspalten, seit man sie vor einem halben Jahr bekanntgegeben hatte. Manchmal träumte sie davon, einfach mit Lon davonzulaufen und irgendwo zu heiraten, ohne den ganzen Wirbel. Doch sie wußte, er würde niemals zustimmen; als aufstrebender Politiker liebte er es, im Rampenlicht zu stehen.

Mit einem tiefen Seufzer erhob sie sich. »Jetzt oder nie«, murmelte sie, nahm ihre Sachen an sich und ging zur Tür. Sie hielt kurz inne, bevor sie sie öffnete und auf den Flur trat. Der Portier lächelte, als sie vorüberging, und sie spürte, wie er ihr wohlwollend nachsah. In ihrem Auto warf sie einen letzten raschen Blick in den Spiegel, ließ den Motor an und bog in die Front Street ein.

Obwohl sie seit einer Ewigkeit nicht hier gewesen war, fand sie sich problemlos in der kleinen Stadt zurecht. Nachdem sie den Trent River auf der altmodischen Zugbrücke überquert hatte, bog sie links in eine Schotterstraße ein, und nun begann die letzte Etappe ihrer Reise.

Es war wunderschön hier im Tiefland, schön wie damals. Anders als die bergige Gegend, in der sie ihre Kindheit und Jugend verbracht hatte, war die Landschaft hier eben, auch wenn der Boden ähnlich beschaffen war. Und während sie über die einsame Straße fuhr, nahm sie die Schönheit in sich auf, die die Menschen einst in diese Gegend gelockt haben mußte.

In ihren Augen schien sich nichts verändert zu haben. Das Sonnenlicht drang durch das Laub der über dreißig Meter hohen Schwarzeichen und Hickorybäume und ließ sie in ihrer herbstlichen Pracht leuchten. Zu ihrer Linken schlängelte sich ein metallfarbenes Flüßchen ein Stück die Straße entlang, bog dann seitwärts ab, um eine Meile weiter in einen größeren Fluß zu münden. Die Schotterstraße selbst wand sich zwischen alten Farmhäusern dahin, die größtenteils noch aus der Zeit vor dem Bürgerkrieg stammten, und sie wußte, daß manche Farmer noch so lebten wie ihre Groß- oder Urgroßväter. Diese unverändert gebliebene Gegend löste eine Flut von Erinnerungen in ihr aus, und sie spürte, wie sich bei jeder lang vergessen geglaubten Einzelheit ihr Inneres zusammenzog.

Die Sonne stand dicht über den Bäumen, und hinter einer Biegung gewahrte sie eine alte, halbverfallene Kirche. Sie hatte sie in jenem Sommer durchstreift und nach Spuren des Krieges zwischen den Staaten gesucht, wie der Bürgerkrieg im Volksmund hieß. Als sie nun daran vorbeifuhr, wurden die Erinnerungen an jenen Tag so lebendig, als wäre es gestern gewesen.

Am Flußufer tauchte jetzt eine majestätische Eiche auf, und bei ihrem Anblick rang sie nach Atem, so deutlich wurden die Erinnerungen. Der Baum mit seinen dicken Ästen, die sich fast waagerecht über den Boden reckten, mit seinem gewaltigen Stamm, der von Moos bedeckt war wie von einem grünen Teppich, schien unveränderlich zu sein. Sie entsann sich, wie sie an einem heißen Julitag unter dem Baum gesessen hatte an der Seite von jemandem, der sie mit solchem Verlangen angesehen hatte, daß nichts sonst Bedeutung hatte. Und in jenem Augenblick hatte sie sich zum ersten Mal verliebt.

Er war zwei Jahre älter als sie, und als sie nun die Straße der Erinnerungen entlangfuhr, stieg sein Bild wieder deutlich vor ihr auf. Er hatte stets älter gewirkt, als er war, das Gesicht eine Spur verwittert, fast wie das eines Farmers, der nach Stunden der Feldarbeit nach Hause kommt. Er hatte schwielige Hände und breite Schultern, die von harter Körperarbeit zeugten, und erste feine Falten zeigten sich um seine dunklen Augen, die jeden ihrer Gedanken zu lesen schienen.

Er war groß und kräftig mit hellbraunem Haar, attraktiv auf seine Art, doch was sich ihr am tiefsten eingeprägt hatte, war seine Stimme. Er hatte ihr an jenem Tag, als sie unter dem Baum im Gras lagen, vorgelesen, mit einer Stimme, sanft und fließend, fast wie Musik, und sie schien in der Luft zu schweben, während er ihr vorlas. Sie erinnerte sich, wie sie mit geschlossenen Augen aufmerksam gelauscht und jedes Wort tief in sich aufgenommen hatte:

Es schmeichelt mich in Nebel und Dämmerung hinein.
Ich scheide wie Luft,
und ich schüttle meine Locken
gegen die davonlaufende Sonne.

Er blätterte in alten Büchern mit Eselsohren, Büchern, die er schon hundertmal gelesen hatte. Er las eine Weile daraus vor, und dann unterhielten sie sich. Sie erzählte ihm, was sie sich vom Leben erhoffte – all ihre Träume für die Zukunft –, und er hörte aufmerksam zu und versprach, dafür zu sorgen, daß alles wahr würde. Und die Art, wie er es sagte, verscheuchte all ihre Zweifel, und sie wußte, wieviel er ihr bedeutete. Manchmal, wenn sie ihn darum bat, erzählte er von sich oder erklärte, warum er dieses oder jenes Gedicht ausgewählt hatte und was er darüber dachte, und manchmal sah er sie mit seinen ernsten Augen lange stumm an.

Sie beobachteten den Sonnenuntergang und machten Picknick unter dem Sternenzelt. Es wurde spät, und sie wußte, wie ärgerlich ihre Eltern gewesen wären, wenn sie gewußt hätten, wo sie war und mit wem. Doch in dem Augenblick war ihr das völlig gleichgültig. Sie selbst konnte nur denken, wie wunderschön dieser Tag gewesen war, wie großartig Noah war, und als sie kurz darauf zu ihrem Haus aufbrachen, nahm er ihre Hand in die seine, und sie spürte den ganzen Weg ihre Wärme.

Eine letzte Biegung, dann erblickte sie in der Ferne das Haus. Es war kaum wiederzuerkennen, so ganz anders, als sie es in Erinnerung hatte. Sie nahm den Fuß vom Gas, als sie in die lange, von Bäumen gesäumte Einfahrt bog, die zu dem Leitstern führte, der sie von Raleigh hergelockt hatte.

Sie fuhr im Schrittempo, den Blick auf das Haus geheftet, und ihr Herz setzte einen Schlag aus, als sie ihn auf der Veranda entdeckte. Er war salopp gekleidet, und aus der Ferne sah er genauso aus wie damals. Als die Sonne genau hinter ihm stand, schien er für einen Augenblick in der Szenerie hinter ihm zu verschwinden.

Ihr Wagen rollte langsam weiter und blieb unter einer Eiche vor dem Haus stehen. Sie drehte den Zündschlüssel, ohne den Blick von ihm zu wenden, und der Motor verstummte.

Er stieg die Verandastufen herab, kam leichten Schrittes auf sie zu, hielt, als sie dem Wagen entstieg, plötzlich inne. Eine lange Weile standen sie wie angewurzelt da und starrten sich nur an.

Allison Nelson, neunundzwanzig und verlobt, eine der oberen Zehntausend, auf der Suche nach Antworten, die ihr so wichtig waren, und Noah Calhoun, der Dichter, einunddreißig, von dem Gespenst heimgesucht, das sein Leben beherrschte.

Wiedersehen

Keiner von beiden rührte sich, als sie sich gegenüberstanden.

Er hatte noch keinen Ton herausgebracht, seine Gesichtsmuskeln schienen wie erstarrt, und eine Sekunde lang dachte sie, er würde sie nicht erkennen. Sie machte sich plötzlich Vorwürfe, ihn so, ohne Vorwarnung, überrumpelt zu haben, denn das erschwerte alles noch. Sie hatte es sich leichter vorgestellt, hatte geglaubt, ihr würden die richtigen Worte einfallen. Doch jetzt schien ihr alles, was ihr in den Sinn kam, unpassend, albern.

Erinnerungen an ihren gemeinsamen Sommer stellten sich ein, und während sie ihn ansah, merkte sie, wie wenig er sich seither verändert hatte. Er schaute gut aus, fand sie. Unter seinem locker in die verblichenen Jeans gesteckten Hemd wurden dieselben breiten Schultern sichtbar, an die sie sich so gut erinnerte, die schmalen Hüften, der muskulöse Oberkörper. Er war braun gebrannt, als hätte er den ganzen Sommer im Freien gearbeitet, nur sein Haar war etwas lichter und heller, als sie es in Erinnerung hatte.

Als sie sich halbwegs gefaßt hatte, holte sie tief Luft und lächelte:

»Hallo, Noah. Schön, dich wiederzusehen.«

Diese Art der Begrüßung verblüffte ihn, und er starrte sie mit ungläubigen Augen an. Dann schüttelte er langsam den Kopf, und ein Lächeln spielte um seine Lippen.

»Dich auch ...«, stammelte er. Er führte die Hand ans Kinn, und sie bemerkte, daß er nicht rasiert war. »Bist du's wirklich? Ich kann es nicht glauben ...«

Sie bemerkte den Schock in seiner Stimme und war selbst ganz verwirrt – hier zu sein, ihn zu sehen ... Sie verspürte etwas Seltsames in ihrem Innern, etwas Tiefes und Altes, etwas das sie für eine Sekunde fast schwindelig machte.

Sie versuchte, die Kontrolle über sich zurückzugewinnen. Sie hatte nicht erwartet, daß so etwas geschehen würde, hatte es auch nicht gewollt. Sie war verlobt. Sie war nicht hergekommen, um ... und doch ...

Und doch ...

Und doch wollte das Gefühl nicht vergehen, wie sehr sie sich auch dagegen wehrte, und für einen kurzen Augenblick fühlte sie sich wieder wie mit fünfzehn. Fühlte sich wie seit langen Jahren nicht mehr, als könnten all ihre Träume doch noch wahr werden.

Sie hatte das Gefühl, endlich heimgekehrt zu sein.

Ohne ein weiteres Wort gingen sie die letzten Schritte aufeinander zu, und als wäre es die natürlichste Sache von der Welt, schloß er sie in die Arme, zog sie fest an sich. Sie hielten sich eng umschlungen und machten im Licht der sich neigenden Sonne die vierzehn Jahre der Trennung ungeschehen.

Sie hielten sich eine lange Weile umschlungen, bis Allie sich schließlich aus der Umarmung löste, um ihn anzusehen. Aus der Nähe sah sie die Veränderungen, die sie zunächst nicht bemerkt hatte. Er war jetzt ein Mann, und seine Züge hatten die Weichheit der Jugend verloren. Die kleinen Falten um seine Augen hatten sich tiefer gegraben, und an seinem Kinn war eine Narbe, die damals nicht da gewesen war. Er wirkte entschlossener, reifer, auch vorsichtiger als früher, doch die Art, wie er sie eben in den Armen gehalten hatte, machte ihr klar, wie sehr er ihr all die Jahre gefehlt hatte.

Tränen verschleierten ihre Augen, als sie schließlich voneinander ließen. Sie lachte nervös und wischte sich rasch mit dem Handrücken über die Augen.

»Alles in Ordnung?« flüsterte er, tausend andere Fragen auf seinem Gesicht.

»Entschuldige, ich wollte nicht weinen ...«

»Laß nur«, sagte er lächelnd. »Ich kann noch immer nicht glauben, daß du es bist. Wie hast du mich gefunden?«

Sie schaute zu Boden, versuchte, die Fassung wiederzugewinnen, und wischte die letzten Tränen fort.

»Ich habe den Artikel über dein Haus in der Zeitung gelesen und wollte dich sehen.«

»Ich bin froh, daß du gekommen bist«, sagte er mit einem Lächeln. Er trat einen Schritt zurück. »Laß dich anschauen. Du siehst phantastisch aus. Noch hübscher als damals.«

Sie spürte, wie sie rot wurde. Wie vor vierzehn Jahren.

»Danke. Du schaust auch gut aus.« Und das war nicht gelogen. Die Jahre hatten ihn nicht zu seinem Nachteil verändert, im Gegenteil.

»Und was hast du vor? Warum bist du hier?«

Seine Fragen brachten sie in die Gegenwart zurück. Sie begriff, was geschehen könnte, wenn sie sich nicht in acht nahm. Sei auf der Hut, sagte sie zu sich. Je länger es dauert, um so schwerer wird es werden. Und das wollte sie nicht.

Aber, Gott, diese Augen. Diese sanften dunklen Augen.

Sie wandte sich zur Seite, holte tief Luft und überlegte, wie sie es sagen sollte, und als sie schließlich antwortete, war ihre Stimme gefaßt. »Noah, bevor du einen falschen Eindruck bekommst – ich wollte dich wiedersehen, aber es geht mir um mehr.« Sie hielt einen Augenblick inne. »Ich bin aus einem ganz bestimmten Grund hier. Ich muß dir etwas sagen.«

»Und? Was?«

Sie wich seinem Blick aus, blieb eine Weile stumm, selbst überrascht, daß ihr die Antwort nicht über die Lippen kommen wollte. Und während ihr Schweigen andauerte, verspürte Noah ein unbehagliches Gefühl im Magen. Wie immer die Antwort lauten würde, für ihn wäre sie schlecht.

»Ich weiß nicht, wie ich es sagen soll. Ich dachte zuerst, es wäre nicht schwer, aber jetzt …«

Plötzlich durchschnitt der Schrei eines Waschbären die Abendluft, und Clem kam laut bellend aus ihrer Hütte unter der Veranda hervor. Beide drehten sich um, und Allie war dankbar für die Ablenkung.

»Ist das deiner?« fragte sie.

Noah nickte und spürte noch immer das dumpfe Gefühl in der Magengegend. »Es ist übrigens eine Sie. Sie heißt Clementine. Ja, sie gehört mir.« Beide beobachteten, wie sich die Hündin schüttelte und streckte und dann hinkend in die Richtung trabte, aus der die Geräusche gekommen waren.

»Was ist mit ihrem Bein?« fragte Allie, um Zeit zu gewinnen.

»Ein Autounfall vor ein paar Monaten. Doktor Harrison, der Tierarzt, rief mich an und fragte, ob ich sie nehmen würde. Der Besitzer wollte sie nicht mehr. Sie war übel zugerichtet und hätte eingeschläfert werden müssen.«

»So warst du schon immer«, sagte sie und versuchte sich zu entspannen. Sie schwieg eine Weile und schaute an ihm vorbei zum Haus hinüber. »Es ist wunderschön geworden, geradezu vollkommen, genau so, wie ich es mir damals nach deinen Beschreibungen vorgestellt habe.«

Er folgte ihrem Blick und fragte sich, was all das belanglose Gerede sollte, was es war, das ihr so schwer auszusprechen fiel.

»Danke. Aber es war harte Arbeit; ich weiß nicht, ob ich's ein zweites Mal tun würde.«

»Sicher würdest du das«, sagte sie. Sie wußte genau, was das Haus für ihn bedeutete, was vieles ihm bedeutete – jedenfalls hatte sie es vor langer Zeit gewußt.

Und bei diesem Gedanken wurde ihr klar, wieviel sich seither geändert hatte. Sie waren heute zwei Fremde; sie brauchte ihn nur anzuschauen. Vierzehn Jahre waren eine lange Zeit. Zu lang.

»Was ist, Allie?« Er sah sie fragend an, doch sie hielt den Blick weiter auf das Haus gerichtet.

»Ich bin ganz schön albern, was?« meinte sie und versuchte zu lächeln.

»Wie meinst du das?«

»Naja, alles. Wie ich hier aus heiterem Himmel auftauche, nicht weiß, was ich sagen soll. Du mußt mich für verrückt halten.«

»Du bist nicht verrückt«, sagte er sanft. Er ergriff ihre Hand, und sie ließ es geschehen, während sie nebeneinander standen. »Auch wenn ich nicht weiß, warum«, fuhr er fort, »sehe ich, daß es dir schwer fällt. Was hältst du von einem Spaziergang?«

»So wie damals?«

»Warum nicht? Ich denke, es wird uns beiden guttun.«

Sie zögerte und schaute zu seiner Eingangstür. »Mußt du jemandem Bescheid geben?«

Er schüttelte den Kopf.

»Nein, da ist sonst niemand. Nur Clem und ich.«

Trotz ihrer Frage war sie fast sicher gewesen, daß es niemand anderen gab, und doch wußte sie nicht, was ihr das bedeutete. Sie wußte nur, daß es ihr jetzt noch schwerer fallen würde, zu sagen, was sie zu sagen hatte. Es wäre leichter gewesen, wenn es jemand anders gegeben hätte.

Sie gingen zum Fluß und bogen dann in den Uferweg ein. Sie ließ seine Hand los und hielt den nötigen Abstand, um eine zufällige Berührung zu vermeiden.

Er schaute sie von der Seite an. Sie war noch immer hübsch mit ihrem vollen blonden Haar, ihren sanften smaragdgrünen Augen, und sie bewegte sich so anmutig, als schwebe sie. Dabei hatte er in seinem Leben viele attraktive Frauen gesehen, Frauen, die seine Aufmerksamkeit erregt hatten, doch in seinen Augen fehlten ihnen die Eigenschaften, die ihm am wichtigsten waren. Eigenschaften wie Intelligenz, Selbstvertrauen, Charakterstärke, Leidenschaft, Eigenschaften, die den anderen anregten, Eigenschaften, die ihm als Vorbild dienten.

Allie besaß all diese Eigenschaften, das wußte er, und während sie jetzt dahinschlenderten, konnte er sie unter der Oberfläche spüren. »Ein lebendes Gedicht«, das waren stets die Worte gewesen, die ihm in den Sinn kamen, wenn er Allie anderen zu beschreiben suchte.

»Seit wann bist du wieder hier?« fragte sie, als der Pfad in einen kleinen grasbewachsenen Hügel mündete.

»Seit letztem Dezember. Ich hab' eine Weile im Norden gearbeitet, dann war ich drei Jahre in Europa.«

Sie blickte ihn fragend an.

»Im Krieg?«

Er nickte stumm, und sie fuhr fort:

»Das hatte ich mir gedacht. Ich bin froh, daß du heil zurückgekehrt bist.«

»Ich auch«, sagte er.

»Bist du glücklich, wieder in der Heimat zu sein?«

»Ja, sicher. Meine Wurzeln sind hier. Und hier gehöre ich hin.« Er hielt inne. »Aber was ist mit dir?« Er fragte ganz leise, war auf das Schlimmste gefaßt.

Ein langer Augenblick verging, bis sie schließlich antwortete.

»Ich bin verlobt.«

Er schaute zu Boden, als sie es sagte, und fühlte, wie ihm die Knie weich wurden. Das also war es. Das war es, was sie ihm hatte sagen wollen.

»Gratuliere«, hörte er sich sagen und war erstaunt, wie überzeugend es klang. »Wann ist der große Tag?«

»Samstag in drei Wochen. Lon wollte eine Novemberhochzeit.«

»Lon?«

»Lon Hammond Junior. Mein Verlobter.«

Er nickte, war nicht überrascht. Die Hammonds gehörten zu den mächtigsten und einflußreichsten Familien im Staate. Tabak und Baumwolle. Anders als der Tod seines Vaters hatte der Tod von Lon Hammond Senior ganze Titelseiten der Tageszeitungen gefüllt. »Ich habe von ihnen gehört. Sein Vater hat ein riesiges Unternehmen aufgebaut. Wird dein Lon es übernehmen?«

Sie schüttelte den Kopf. »Nein, er ist Jurist. Er hat eine Anwaltspraxis in Raleigh.«

»Mit seinem Namen – da muß er was zu tun haben.«

»Hat er. Er arbeitet viel.«

Irgend etwas in ihrem Tonfall ließ die nächste Frage automatisch folgen.

»Ist er gut zu dir?«

Sie antwortete nicht sofort, als würde sie zum erstenmal über die Frage nachdenken.

»Ja«, sagte sie schließlich. »Er ist ein feiner Kerl, Noah. Du würdest ihn mögen.«

Ihre Stimme klang abwesend, so wenigstens kam es ihm vor. Oder spielten ihm seine Gefühle nur einen Streich?

»Wie geht es deinem Vater?« fragte sie.

Noah tat ein paar Schritte, bevor er antwortete.

»Er ist Anfang des Jahres gestorben, kurz nachdem ich hierher zurückkam.«

»Das tut mir leid«, sagte sie leise, denn sie wußte, wieviel er ihm bedeutet hatte.

Er nickte, und sie setzten schweigend ihren Weg fort.

Oben auf dem Hügel angelangt, blieben sie stehen. In der Ferne erhob sich die Eiche, ins Licht der tiefstehenden Sonne getaucht. Allie spürte seinen Blick auf sich ruhen, während sie auf den Baum starrte.

»Eine Menge Erinnerungen da drüben, Allie.«

Sie lächelte. »Ich weiß. Ich hab' sie beim Herfahren schon gesehen. Erinnerst du dich an den Tag, den wir dort verbracht haben?«

»Ja«, erwiderte er knapp.

»Denkst du ab und zu daran?«

»Manchmal«, sagte er. »Wenn ich hier draußen arbeite. Sie befindet sich auf meinem Grund und Boden.«

»Du hast sie gekauft?«

»Ich hätte es nicht mit ansehen können, daß Küchenschränke aus ihr gemacht werden.«

Sie lachte leise, war irgendwie glücklich darüber.

»Liest du noch immer Gedichte?«

Er nickte. »Ja. Hab' nie aufgehört. Es muß mir im Blut liegen.«

»Weißt du, daß du der einzige Dichter bist, dem ich je begegnet bin?«

»Ich bin kein Dichter. Ich lese zwar Gedichte, aber ich kann nicht dichten. Ich hab's versucht.«

»Du bist trotzdem ein Dichter, Noah Taylor Calhoun.« Ihre Stimme wurde ganz sanft. »Ich denke oft daran. Es war das erste Mal, daß mir jemand Gedichte vorgelesen hat. Und das einzige Mal.«

Versunkene Erinnerungen tauchten vor ihnen auf, während sie über einen anderen Pfad, vorbei an seinem Anlegesteg, gemächlich den Rückweg antraten. Nach einer Weile, als die Sonne den Himmel schon tiefrot färbte, fragte er:

»Wie lange hast du vor zu bleiben?«

»Ich weiß nicht. Nicht lange. Vielleicht bis morgen oder übermorgen.«

»Hat dein Verlobter geschäftlich in der Gegend zu tun?«

Sie schüttelte den Kopf. »Nein, er ist in Raleigh.«

Noah hob die Brauen.

»Weiß er, daß du hier bist?«

»Nein, ich hab' ihm gesagt, daß ich nach Antiquitäten Ausschau halte. Den wahren Grund hätte er nicht verstanden.«

Die Antwort überraschte Noah ein wenig. Es war eine Sache, hierher zu Besuch zu kommen, aber eine völlig andere, vor dem eigenen Verlobten die Wahrheit zu verbergen.

»Du hättest nicht extra herkommen müssen, um mir mitzuteilen, daß du verlobt bist. Du hättest mir auch schreiben oder mich anrufen können.«

»Ich weiß, aber irgendwie mußte ich es Dir persönlich sagen.«

»Warum?«

Sie zögerte.

»Ich weiß nicht ...«, sagte sie gedehnt, und die Art, wie sie es sagte, bewog ihn, ihr zu glauben. Der Kies knirschte unter ihren Sohlen, während sie schweigend weitergingen. Dann fragte er:

»Liebst du ihn, Allie?«

Ihre Antwort kam automatisch.

»Ja, ich liebe ihn.«

Die Worte schmerzten ihn. Doch auch diesmal glaubte er aus ihrem Tonfall herauszuhören, daß sie sich selbst überzeugen wollte. Er blieb stehen und drehte sie sanft an den Schultern zu sich herum, so daß sie ihn ansehen mußte. Das verblassende Sonnenlicht spiegelte sich in ihren Augen.

»Wenn du glücklich bist, Allie, und wenn du ihn liebst, dann will ich dich nicht hindern, zu ihm zurückzukehren. Aber wenn du nicht ganz und gar sicher bist, dann tu es nicht. Es gibt Dinge im Leben, die man nicht halbherzig tun sollte.«

Ihre Antwort kam fast zu schnell.

»Ich habe die richtige Entscheidung getroffen, Noah.«

Er musterte sie einen Augenblick, war nicht sicher, ob er ihr glauben sollte. Dann nickte er, und sie setzten ihren Weg fort. Nach einer Weile sagte er: »Ich mache es dir nicht leicht, was?«

Sie lächelte schwach.

»Ist schon gut. Ich kann dir keinen Vorwurf machen.«

»Tut mir trotzdem leid.«

»Nicht nötig. Es gibt keinen Grund. Ich bin diejenige, die sich entschuldigen müßte. Vielleicht hätte ich dir schreiben sollen.«

Er schüttelte den Kopf. »Um ehrlich zu sein, bin ich trotzdem froh, daß du gekommen bist. Trotz allem. Ich freue mich, daß du hier bist.«

»Danke, Noah.«

»Glaubst du, es wäre möglich, noch einmal von vorn anzufangen?«

Sie schaute ihn verwundert an.

»Du warst meine beste Freundin, Allie, und ich möchte, daß wir Freunde bleiben. Auch wenn du verlobt bist. Auch wenn es nur für ein paar Tage ist. Was würdest du davon halten, wenn wir uns sozusagen neu kennenlernten?«

Sie dachte nach, dachte nach, ob sie bleiben oder gehen sollte. Da er jetzt von ihrer Verlobung wußte, würde es schon in Ordnung sein. Oder wenigstens nicht ganz verkehrt. Sie lächelte scheu und nickte.

»Das wäre schön.«

»Gut. Wie wär's dann mit einem Abendessen? Ich weiß, wo's die besten Flußkrebse weit und breit gibt.«

»Klingt nicht schlecht. Wo?«

»Bei mir. Ich habe die ganze Woche Fallen aufgestellt und hab' gestern ein paar prächtige Exemplare drin gesehen. Was meinst du?«

»Hört sich nicht schlecht an.«

Er lächelte und wies mit dem Daumen über die Schulter. »Okay. Sie sind hinten am Steg. Ich brauche nur ein paar Minuten.«

Allie blickte ihm nach und merkte, wie die Spannung allmählich nachließ, seitdem sie ihm gesagt hatte, daß sie verlobt war. Sie schloß die Augen, strich sich mit den Fingern durchs Haar und spürte, wie die leichte Abendbrise über ihre Wangen strich. Sie atmete tief durch, hielt die Luft einen Augenblick an und fühlte, wie sich beim Ausatmen ihre Nackenmuskeln weiter entspannten. Als sie dann wieder die Augen öffnete, nahm sie die Schönheit, die sie umgab, voll in sich auf.

Sie liebte Abende wie diesen, Abende, wenn der schwache Duft der Herbstblätter von milden Südwinden über das Land getragen wurde. Sie liebte die Bäume und ihre Geräusche, die wie Musik in ihren Ohren klangen. Nach einer Weile drehte sie sich nach Noah um und betrachtete ihn, fast wie ein Fremder es getan hätte.

Gott, sah er gut aus. Auch nach all den langen Jahren noch.

Sie beobachtete, wie er nach einem Seil griff, das im Wasser hing. Er begann, kräftig daran zu ziehen, und trotz des nachlassenden Lichtes sah sie, wie die Muskeln seiner Arme sich anspannten, während er den Käfig aus dem Wasser hob. Er tauchte ihn noch einmal in den Fluß, schüttelte ihn und ließ das meiste Wasser abfließen. Dann stellte er ihn auf dem Steg ab, öffnete ihn, nahm die Krebse einzeln heraus und setzte sie in einen Eimer.

Sie schlenderte gemächlich auf ihn zu, ließ den Blick schweifen und stellte fest, daß sie vergessen hatte, wie frisch und schön hier alles war. Sie schaute sich um und sah das Haus in der Ferne. Noah hatte mehrere Lichter angelassen, und man hätte meinen können, es wäre das einzige Haus weit und breit. Auf jeden Fall das einzige mit Elektrizität. Hier draußen, außerhalb der Stadtgrenzen, gab es noch Tausende von Häusern ohne den Luxus von elektrischem Licht.

Sie trat auf den Steg, der unter ihren Füßen knarrte. Das Geräusch erinnerte sie an ein altes, verstimmtes Akkordeon. Noah schaute blinzelnd auf, bevor er sich wieder seinen Fallen widmete und prüfte, ob die Krebse die richtige Größe hatten. Sie ging zum Schaukelstuhl hinüber, der auf dem Steg stand, und ließ die Hand über das Holz der Rückenlehne gleiten. Sie malte sich aus, wie Noah hier aß, angelte, nachdachte oder las. Das

Holz fühlte sich alt, verwittert und rauh an. Sie fragte sich, wie viele Stunden er hier allein verbracht haben mochte, welche Gedanken ihn dabei beschäftigt hatten.

»Der Schaukelstuhl gehörte meinem Vater«, sagte er, ohne aufzublicken, und sie nickte stumm. Sie sah Fledermäuse vorüberhuschen und hörte Frösche und Grillen ihr abendliches Konzert anstimmen.

Sie lief zur anderen Seite des Stegs und spürte plötzlich, wie eine Last von ihr abfiel. Ein innerer Zwang hatte sie hierhergetrieben, und zum ersten Mal seit drei Wochen war das Gefühl fort. Irgendwie war es ihr ein Bedürfnis gewesen, daß Noah von ihrer Verlobung wußte, daß er es verstand, es akzeptierte – das war ihr jetzt klar –, und während sie an ihn dachte, fiel ihr etwas ein, etwas aus ihrem gemeinsamen Sommer. Mit gesenktem Kopf lief sie suchend den Steg auf und ab, bis sie es gefunden hatte – das eingeritzte Herz. *Noah liebt Allie* stand darin, nur wenige Tage vor ihrer Abreise in den Steg geschnitzt.

Der auffrischende Wind brach die Stille, ließ sie frösteln und die Arme vor der Brust verschränken. So stand sie eine Weile da, schaute mal auf den Fluß, mal auf das eingeritzte Herz, bis sie hinter sich seine Schritte vernahm. Sie spürte seine Nähe, seine Wärme.

»Es ist so friedlich hier«, sagte sie mit verträumter Stimme.

»Ich weiß. Ich bin oft hier unten, nur um die Ruhe am Wasser zu genießen.«

»Das wäre ich auch, wenn ich hier lebte.«

»Aber jetzt laß uns gehen. Die Mücken werden aggressiv, und ich habe Hunger.«

* * *

Der Himmel hatte sich verfinstert, als sie sich auf den Weg zum Haus machten. Während sie schweigend nebeneinander hergingen, fragte sich Allie, wie er wohl darüber dachte, daß sie hier bei ihm war. War es leichtfertig von ihr? Als sie wenige Minuten später das Haus erreichten, wurden sie von Clems feuchter Schnauze begrüßt. Noah schickte sie fort, und sie zog sich mit eingezogenem Schwanz zurück.

Er deutete auf ihr Auto. »Ist etwas drinnen, das du herausnehmen willst?«

»Nein, ich habe bereits alles ausgepackt.«

»Na gut«, sagte er und stieg die Stufen zur hinteren Veranda hinauf. Er stellte den Eimer neben der Tür ab, trat ins Haus und ging in die Küche. Sie lag gleich rechts vom Eingang, war geräumig und roch nach neuem Holz. Schränke und Fußboden waren aus Eiche, die Fenster groß und nach Osten gerichtet, so daß die Morgensonne hereinscheinen konnte. Allie fand das Haus geschmackvoll restauriert, nicht übertrieben wie bei den meisten wiederaufgebauten alten Häusern.

»Darf ich mich etwas umschauen?«

»Ja, natürlich. Ich habe heute nachmittag eingekauft und muß die Lebensmittel noch einräumen.«

Ihre Blicke trafen sich eine Sekunde, und Allie merkte, daß er ihr nachschaute, als sie die Küche verließ. Und wieder verspürte sie tief in ihrem Innern dieses sonderbare Gefühl.

Sie ging von einem Zimmer zum anderen, stellte begeistert fest, wie wunderschön das ganze Haus geworden war. Als sie ihren Rundgang beendet hatte, konnte sie sich kaum mehr vorstellen, wie heruntergekommen es damals gewesen war. Sie ging langsam die Treppe hinab, wandte sich zur Küche und sah sein Profil. Einen Augenblick lang wirkte er wieder wie ein Junge von siebzehn Jahren, und sie zögerte eine Sekunde, bevor sie eintrat. Verdammt, dachte sie, reiß dich zusammen. Vergiß nicht, daß du verlobt bist.

Er stand vor der Anrichte und pfiff leise vor sich hin; mehrere Schranktüren waren geöffnet, leere Einkaufstaschen lagen am Boden. Er lächelte ihr zu, während er weitere Dosen in einem der Schränke verstaute. Kurz vor ihm blieb sie stehen, lehnte sich gegen die Anrichte und schlug ein Bein über das andere.

»Es ist unglaublich, Noah«, sagte sie bewundernd. »Gratuliere. Wie lange hast du für die Restaurierung gebraucht?«

Er schaute zu ihr auf.

»Fast ein Jahr.«

»Hast du alles allein gemacht?«

Er lachte leise. »Nein. Das hatte ich mir früher zwar immer so vorgestellt, und ich hab' es am Anfang auch versucht. Aber es wurde zuviel. Es hätte Jahre gedauert, und so habe ich ein paar Männer angeheuert – ziemlich viele sogar. Trotzdem war es noch viel Arbeit, und ich habe nie vor Mitternacht aufgehört.«

»Warum hast du so hart gearbeitet?«

Gespenster, wollte er sagen, besann sich aber.

»Ich weiß nicht. Ich wollte wohl einfach fertig werden. Möchtest du etwas zu trinken, bevor ich mit dem Kochen anfange?«

»Was gibt es denn?«

»Nicht viel. Bier, Tee, Kaffee.«

»Tee wäre nicht schlecht.«

Er hob die Einkaufstaschen vom Boden auf und verstaute sie in einem Fach, ging in die Speisekammer und kam mit einer Teedose zurück. Er öffnete sie und nahm zwei Teebeutel heraus. Dann füllte er den Wasserkessel, stellte ihn auf den Herd, zündete ein Streichholz an, und sie hörte, wie das Gas aufflammte.

»Es wird gleich kochen«, sagte er. »Der Herd heizt schnell.«

»Wunderbar.«

Als der Kessel pfiff, füllte er zwei Tassen und reichte ihr eine.

Sie lächelte, nippte einmal und trat dann ans Fenster.

»Es muß schön sein, wenn morgens die Sonne hier hereinscheint.«

Er nickte.

»Ja, das ist es. Deshalb habe ich auf der ganzen Ostseite die Fenster vergrößern lassen. Sogar in den Schlafzimmern oben.«

»Das wird deinen Gästen sicher gefallen – wenn sie nicht gerade Langschläfer sind.«

»Um ehrlich zu sein, hatte ich noch keine Gäste über Nacht. Seit Vater tot ist, weiß ich gar nicht, wen ich einladen sollte.«

An seinem Tonfall erkannte sie, daß er nur Konversation machte. Trotzdem ergriff sie ein Gefühl von … von Einsamkeit. Er schien zu merken, was sie empfand, doch bevor sie darüber nachdenken konnte, hatte er das Thema gewechselt.

»Ich gebe die Krebse vor dem Dämpfen kurz in eine Marinade.«

Er stellte seine Tasse auf dem Tisch ab und holte einen großen Dampfkochtopf mit Deckel aus dem Schrank. Er füllte etwas Wasser hinein und trug ihn zum Herd.

»Kann ich irgendwie helfen?«

Er antwortete über die Schulter hinweg.

»Gern. Du könntest zum Beispiel Gemüse schneiden. Im Eisschrank ist alles mögliche. Eine Schüssel findest du dort im Schrank.«

Er deutete auf den Schrank neben der Spüle, und sie nahm einen zweiten Schluck Tee, bevor sie die Tasse abstellte und die Schüssel holte. Sie trug sie zum Eisschrank, nahm Okraschoten, Zucchini, Zwiebeln und Karotten aus dem untersten Fach. Noah trat neben sie vor die geöffnete Tür, und sie wich ein wenig zur Seite, um ihm Platz zu machen. Sie verspürte seinen Geruch – so vertraut –, während er jetzt dicht bei ihr stand, und als er sich vorbeugte und in den Kühlschrank langte, streifte sie sein Arm. Er nahm eine Flasche Bier und ein Fläschchen Tabasco heraus und kehrte damit zum Herd zurück.

Noah öffnete das Bier und goß es ins Wasser, gab etwas Tabasco hinzu und zwei, drei Löffel Trockenwürze. Er rührte so lange, bis sich das Pulver aufgelöst hatte, und ging dann zur Hintertür, um die Krebse zu holen.

Er hielt inne, bevor er wieder ins Haus trat, und sah Allie durchs Küchenfenster beim Karottenschneiden zu. Und er fragte sich erneut, warum sie hergekommen war, jetzt, wo sie verlobt war.

Aber war nicht alles an Allie überraschend gewesen?

Er lächelte still in sich hinein, als er sich erinnerte, wie sie damals gewesen war. Feurig, spontan, leidenschaftlich – so wie in seiner Vorstellung ein Künstler sein mußte. Und eine Künstlerin war sie ohne Zweifel. Künstlerisches Talent wie das ihre war ein Geschenk. Er entsann sich, Gemälde in New Yorker Museen gesehen und dabei gedacht zu haben, daß ihre Bilder den Vergleich mit ihnen wohl ausgehalten hätten.

Sie hatte ihm eines ihrer Bilder geschenkt, bevor sie in jenem Sommer abreiste. Es hing jetzt im Wohnzimmer über dem Kamin. Sie hatte es »Bild meiner Träume« genannt, und er hatte es sehr ausdrucksstark und sinnlich gefunden. Wenn er es betrachtete, was er häufig tat, meinte er, in jeder Farbe, in jeder Linie Verlangen zu sehen, und wenn er sich lange genug darauf konzentrierte, konnte er sich vorstellen, was sie bei jedem Pinselstrich gedacht und empfunden hatte.

Als in der Ferne ein Hund bellte, merkte Noah, daß er lange so dagestanden hatte. Er schloß rasch die Tür und ging in die Küche zurück. Unterwegs fragte er sich, ob sie bemerkt hatte, wie lange er fort gewesen war.

* * *

»Alles in Ordnung?« fragte er und sah, daß sie fast fertig war.

»Bestens. Hab's gleich geschafft. Gibt es sonst noch was zum Essen?«

»Ich habe selbstgebackenes Brot hier.«

»Selbstgebacken?«

»Von einer Nachbarin«, sagte er und stellte den Eimer in die Spüle. Er drehte den Hahn auf, hielt die Krebse unter das fließende Wasser und ließ sie dann in der Spüle krabbeln. Allie nahm ihre Tasse, kam näher und schaute ihm zu.

»Hast du keine Angst, daß sie dich kneifen, wenn du sie anfaßt?«

»Nein. Man muß sie nur an der richtigen Stelle packen.« Er zeigte es ihr, und sie lächelte.

»Ich hab' vergessen, daß du sowas dein ganzes Leben getan hast.«

»New Bern ist klein, doch man lernt hier die Dinge, auf die es ankommt.«

Sie lehnte sich wieder an die Anrichte und trank ihren Tee aus. Als die Krebse sauber waren, gab er sie in einen Topf auf dem Herd. Er wusch sich die Hände und drehte sich zu ihr um.

»Sollen wir uns ein Weilchen auf die Veranda setzen? Ich möchte die Krebse eine halbe Stunde in der Marinade lassen.«

»Gern«, sagte sie. Er trocknete sich die Hände, und sie gingen zusammen zur hinteren Veranda. Nachdem er das Licht angeknipst hatte, bot er ihr den neuen Schaukelstuhl an und nahm selbst auf dem alten Platz. Als er sah, daß sie nichts mehr zum Trinken hatte, verschwand er noch einmal im Haus und kam mit einer Tasse Tee und einem Glas Bier zurück. Er reichte ihr die Tasse, und sie nahm einen Schluck, bevor sie sie auf dem kleinen Tisch neben ihrem Stuhl abstellte.

»Du hast hier gesessen, als ich kam?«

»Ja«, sagte er und machte es sich bequem. »Ich sitze jeden Abend hier. Ist schon Gewohnheit geworden.«

»Das kann ich gut verstehen«, sagte sie und schaute sich um. »Und was machst du sonst, ich meine beruflich?«

»Zur Zeit bin ich nur mit Haus und Grundstück beschäftigt. Es befriedigt meinen Schaffensdrang, wenn du so willst.«

»Und wie kannst du … ich meine …«

»Morris Goldman.«

»Wie bitte?«

Er lächelte.

»Mein alter Boß in New Jersey. Er hieß Morris Goldman. Er hat mir, als ich Soldat wurde, einen Anteil seines Geschäfts angeboten und ist kurz vor Ende des Krieges gestorben. Als ich in die Staaten zurückkam, überreichte mir einer seiner Anwälte einen dicken

Scheck, genug, um das Haus zu kaufen und es zu renovieren.«

Allie lachte leise. »Du hast damals immer gesagt, du würdest schon einen Weg finden, um deinen Traum zu verwirklichen.«

Sie saßen eine Weile schweigend da, beide in Erinnerungen versunken. Allie nippte an ihrem Tee.

»Weißt du noch, wie wir abends hier herumgeschlichen sind und wie du mir das Haus gezeigt hast?«

Er nickte, und sie fuhr fort:

»Ich kam an dem Abend zu spät nach Hause, und meine Eltern waren schrecklich wütend. Ich sehe meinen Vater noch im Wohnzimmer auf- und abgehen und eine Zigarette rauchen; meine Mutter saß auf der Couch und starrte vor sich hin. Man hätte meinen können, jemand aus der Familie sei gestorben. An dem Tag war meinen Eltern klar geworden, daß es mir ernst war mit dir, und meine Mutter hatte anschließend noch ein langes Gespräch mit mir. ›Ich bin sicher, du denkst, ich wüßte nicht, was du durchmachst‹, sagte sie, ›aber ich weiß es sehr genau. Es ist jedoch so, daß unsere Zukunft manchmal von dem abhängt, was wir sind und nicht von dem, was wir wollen.‹ Ich weiß noch, wie tief verletzt ich war, als sie das sagte.«

»Du hast es mir am nächsten Tag erzählt. Auch mir tat es sehr weh. Ich hatte deine Eltern gern und ahnte nicht, daß sie mich nicht mochten.«

»Sie mochten dich schon. Sie fanden nur, daß du mich nicht verdienst.«

»Ich wüßte nicht, wo da ein Unterschied sein soll.«

In seiner Stimme schwang Trauer mit, und Allie verstand genau, was er dachte. Sie schaute versonnen zu den Sternen auf und strich mit den Fingern eine Haarsträhne aus der Stirn.

»Ich weiß. Habe es immer gewußt. Vielleicht ist das der Grund für diese Meinungsverschiedenheiten zwischen mir und Mutter, wenn wir uns unterhalten.«

»Und wie denkst du heute darüber?«

»Genauso wie damals. Daß es falsch ist, daß es ungerecht ist. Das war eine bittere Erfahrung für ein Mädchen wie mich. Daß der Lebensstatus wichtiger sein sollte als Gefühle.«

Noah lächelte bei dieser Antwort, sagte aber nichts.

»Ich habe seit jenem Sommer nie aufgehört, an dich zu denken«, fuhr sie fort.

»Wirklich?«

»Warum fragst du?« Sie schien ehrlich überrascht.

»Du hast meine Briefe nie beantwortet.«

»Du hast mir geschrieben?«

»Dutzende von Briefen. Zwei Jahre habe ich dir geschrieben, ohne je Antwort zu bekommen.«

Sie schüttelte langsam den Kopf und senkte den Blick.

»Das wußte ich nicht ...«, sagte sie schließlich leise, und ihm wurde klar, daß wohl ihre Mutter die Post durchsucht und seine Briefe abgefangen hatte – ohne ihr Wissen. Er hatte es schon immer vermutet, und er konnte jetzt beobachten, wie sie zu der gleichen Erkenntnis kam.

»Es war nicht recht von ihr, das zu tun, Noah, und ich nehme es ihr sehr übel. Aber versuch, ihren Standpunkt zu verstehen. Sie dachte vermutlich, es würde auf diese Weise leichter für mich sein, dich zu vergessen. Sie hat nie begriffen, wie viel du mir bedeutet hast, und, um ehrlich zu sein, bezweifle ich, daß sie meinen Vater je so geliebt hat wie ich dich. Sie wollte wahrscheinlich nur meine Gefühle schonen und dachte, der einfachste Weg sei, mir deine Briefe vorzuenthalten.«

»Die Entscheidung lag nicht bei ihr«, sagte er ruhig.

»Ich weiß.«

»Hätte es etwas geändert, wenn du die Briefe bekommen hättest?«

»Natürlich. Ich habe mich immer gefragt, warum du nicht schreibst.«

»Nein, ich meine zwischen uns beiden. Glaubst du, wir hätten es geschafft?«

Sie zögerte einen Augenblick.

»Ich weiß nicht, Noah. Ich weiß es wirklich nicht, und du genausowenig. Wir sind nicht mehr dieselben Menschen wie damals. Wir sind älter, wir haben uns verändert. Wir beide.«

Sie verstummte, und als er nichts erwiderte, schweifte ihr Blick hinüber zum Fluß.

»Doch, Noah«, fuhr sie nach einer Weile fort. »Ich glaube, wir hätten es geschafft. Wenigstens möchte ich es gern glauben.«

Er nickte und schaute zu Boden.

»Und wie ist Lon?«

Auf diese Frage war sie nicht vorbereitet, und sie schwieg eine Weile. Außerdem regte sich ihr schlechtes Gewissen, als Lons Name fiel. Sie griff nach ihrer Tasse, nahm einen Schluck und lauschte dem fernen Hämmern eines Spechts. Dann räusperte sie sich und sprach mit ruhiger Stimme:

»Lon sieht gut aus, ist charmant und erfolgreich, und die meisten meiner Freundinnen beneiden mich. Sie finden, er sei der ideale Mann, und in vielerlei Hinsicht ist er das auch. Er ist nett zu mir, bringt mich zum Lachen, und ich weiß, daß er mich auf seine Art liebt.« Sie hielt inne, um ihre Gedanken zu sammeln. »Doch es wird immer etwas in unserer Beziehung fehlen.«

Sie war selbst erstaunt über ihre Antwort, wußte aber, daß es stimmte. Und sie brauchte Noah nur anzuschauen, um zu sehen, daß er diese Antwort erwartet hatte.

»Warum?«

Sie lächelte schwach und hob die Schultern. Ihre Stimme war nur noch ein Flüstern.

»Ich werde wohl immer nach einer Liebe wie der unseren damals suchen.«

Noah dachte lange darüber nach, dachte an seine eigenen Beziehungen während der letzten vierzehn Jahre.

»Und wie ist es mit dir?« fragte sie. »Hast du je über uns nachgedacht?«

»Immer. Auch heute noch.«

»Gibt es denn niemanden?«

»Nein«, erwiderte er kopfschüttelnd.

Beide bemühten sich, an etwas anderes zu denken. Noah nahm einen Schluck Bier und war erstaunt, daß sein Glas fast leer war.

»Ich setze jetzt das Wasser auf. Kann ich dir noch etwas bringen?«

Sie schüttelte den Kopf, und Noah ging in die Küche, um die Krebse in den Dampfkochtopf zu werfen und das Brot zum Aufwärmen in den Backofen zu schieben. Er streute Mehl und Maisstärke über das Gemüse und gab etwas Fett in die Bratpfanne. Dann drehte er den Herd auf kleine Flamme, stellte die Küchenuhr ein und holte sich ein zweites Bier aus dem Kühlschrank. Und während er all diese Handgriffe fast automatisch erledigte, dachte er an Allie und die Liebe, die in ihrer beider Leben fehlte.

Auch Allie dachte nach. Über Noah, über sich selbst, über alles Mögliche. Einen Augenblick lang wünschte sie, sie wäre nicht verlobt, wies diesen Gedanken aber gleich wieder streng von sich. Es war nicht Noah, den sie liebte, sie liebte das, was sie damals gewesen waren. Außerdem, redete sie sich ein, war es völlig normal, so zu empfinden; er war ihre erste Liebe gewesen, der einzige Mann, mit dem sie so vertraut gewesen war – wie konnte sie da erwarten, ihn je zu vergessen?

Aber war es auch normal, daß sie jedes Mal dieses seltsame Gefühl überkam, wenn er in ihrer Nähe war? War es normal, daß sie ihm Dinge gestand, die sie niemand anders erzählen konnte? War es normal, daß sie drei Wochen vor ihrer Hochzeit hierhergekommen war?

Nein, gestand sie sich, während sie den nächtlichen Himmel betrachtete. Nichts von alledem war normal.

In diesem Augenblick trat Noah auf die Veranda, und sie lächelte ihm zu, erleichtert, daß er wieder da war und daß sie nicht länger grübeln mußte.

»Es dauert noch etwas«, sagte er und setzte sich wieder.

»Macht nichts. Ich bin noch nicht hungrig.«

Er schaute sie an, und sie sah die Zärtlichkeit in seinen Augen. »Ich bin froh, daß du gekommen bist, Allie«, sagte er.

»Ich auch. Obwohl ich's mir beinahe anders überlegt hätte.«

»Warum bist du gekommen?«

Ich mußte einfach, hätte sie gern bekannt, aber statt dessen sagte sie:

»Um dich zu sehen, um herauszufinden, was du so machst und wie es dir geht.«

Er fragte sich, ob das alles war, wollte sie aber nicht bedrängen und wechselte das Thema.

»Da gibt's noch etwas, was ich dich fragen wollte: Malst du noch?«

Sie schüttelte den Kopf.

»Nein.«

Er war verblüfft.

»Warum nicht? Bei deinem Talent!«

»Ich weiß nicht ...«

»Natürlich weißt du's. Du hast aus einem bestimmten Grund aufgehört.«

Er hatte recht. Es gab einen Grund.

»Das ist eine lange Geschichte.«

»Ich habe die ganze Nacht Zeit«, antwortete er.

»Hast du wirklich geglaubt, ich hätte Talent?« fragte sie ruhig.

»Komm mit«, sagte er und ergriff ihre Hand, »ich will dir etwas zeigen.«

Sie stand auf und folgte ihm ins Wohnzimmer. Dicht vor dem Kamin blieb er stehen und deutete auf das Bild über dem Sims. Sie riß die Augen auf, verblüfft, daß sie es nicht früher bemerkt hatte, und noch verwunderter, daß es überhaupt noch existierte.

»Du hast es behalten?«

»Natürlich habe ich's behalten. Es ist wunderschön.«

Sie warf ihm einen skeptischen Blick zu.

»Ich schöpfe Kraft daraus, wenn ich es betrachte«, fuhr er fort. »Manchmal habe ich das Bedürfnis, es zu berühren. Es ist so wirklich – die Formen, die Schatten, die Farben. Ich träume sogar hin und wieder davon. Es ist unglaublich, Allie – ich kann es stundenlang anschauen.«

»Du scheinst es ernst zu meinen«, sagte sie verblüfft.

»Ich meine alles ernst, was ich sage.«

Sie erwiderte nichts darauf.

»Soll das heißen, niemand hätte dir je gesagt, daß du sehr begabt bist?«

»Mein Professor«, antwortete sie schließlich. »Aber ich habe ihm wohl nicht geglaubt.«

Das war nicht alles, das konnte er spüren. Allie wich seinem Blick aus, bevor sie fortfuhr:

»Schon als Kind habe ich viel gemalt und gezeichnet. Und als ich älter wurde, dachte ich, daß ich gar nicht so schlecht war. Außerdem machte es mir ungeheuren Spaß. Ich kann mich gut erinnern, wie ich in unserem Sommer an diesem Bild gemalt habe, wie ich jeden Tag etwas hinzugefügt, es verändert habe, während sich unsere Beziehung veränderte. Ich weiß nicht mehr, wie es zu Anfang aussah oder was ich mir vorgestellt hatte, aber schließlich kam das hier dabei heraus.

Als ich im Spätsommer dann wieder zu Hause war, habe ich in jeder freien Minute gemalt, wie eine Besessene. Das war wohl meine Art, mit dem Schmerz fertig zu werden, dem Schmerz über unsere Trennung. Im College habe ich dann Kunst als Hauptfach gewählt. Ich weiß noch, wie ich Stunden allein im Atelier verbrachte und wie ich es genoß. Dieses Gefühl der Freiheit beim Malen, die Befriedigung, etwas Schönes zu erschaffen, war mir ein unglaublicher Trost. Kurz vor Abschluß des College sagte mir mein Professor, der außerdem auch Kunstkritiker war, daß ich Talent habe. Er meinte, ich solle mein Glück als Künstlerin versuchen. Doch ich habe nicht auf ihn gehört.«

Sie hielt inne, sammelte ihre Gedanken.

»Meine Eltern hätten es niemals geduldet, daß ihre Tochter sich ihren Lebensunterhalt mit Malen verdient.«

Sie starrte auf das Bild.

»Wirst du jemals wieder malen?«

»Ich weiß gar nicht, ob ich noch malen kann. Es ist so lange her.«

»Natürlich kannst du's, Allie. Du mußt mir glauben. Du hast ein Talent, das aus dem Innern kommt, aus deinem Herzen, nicht aus deinen Händen. Ein solches Talent verliert man nicht. Davon können andere Menschen nur träumen. Du bist eine Künstlerin, Allie.«

Seine Worte waren so eindringlich, so ernst, daß sie wußte, es waren keine leeren Floskeln. Er glaubte wirklich an ihre Begabung, und das bedeutete ihr mehr, als sie je erwartet hätte. Doch es geschah noch etwas anderes, etwas noch viel Gewaltigeres.

Warum es geschah, wußte sie nicht, doch in diesem Augenblick begann sich die Kluft zu schließen, die Kluft, die sich in ihrem Leben aufgetan hatte, um den Schmerz von der Freude zu trennen. Und sie ahnte, daß es noch mehr gab, als sie sich eingestehen mochte.

Doch in diesem Moment war sie sich all dessen noch nicht bewußt, und sie wandte sich ihm zu, streckte die Hand aus, berührte zögernd, ganz sanft die seine, voller Erstaunen darüber, daß er nach all diesen Jahren noch so genau wußte, was zu hören ihr guttat. Und als sich ihre Blicke trafen, spürte sie wieder, wie außergewöhnlich er war.

Und für einen flüchtigen Augenblick, einen winzigen Atemhauch Zeit, der in der Luft hing wie ein Glühwürmchen im sommerlichen Dunkel, fragte sie sich, ob sie wieder in ihn verliebt war.

* * *

Die Küchenuhr läutete, ein kurzes Schrillen, und Noah wandte sich ab, seltsam bewegt von dem, was eben zwischen ihnen geschehen war. Ihre Augen hatten zu ihm gesprochen, hatten ihm etwas zugeflüstert, und doch konnte er die Stimme in seinem Kopf nicht zum Schweigen bringen, ihre Stimme, die ihm von der Liebe zu einem anderen Mann gesprochen hatte. Er verfluchte die Küchenuhr im stillen, als er das Wohnzimmer verließ. Er nahm das Brot aus dem Backofen, verbrannte sich fast die Finger dabei und ließ es auf die Anrichte fallen. Dann gab er das Gemüse in die Bratpfanne und hörte, wie es zu brutzeln begann. Leise vor sich hin murmelnd, holte er noch etwas Butter aus dem Eisschrank, bestrich mehrere Brotscheiben damit und zerließ ein Stück davon für die Krebse.

Allie war ihm in die Küche gefolgt. Sie räusperte sich.

»Kann ich den Tisch decken?«

Noah benutzte das Brotmesser als Zeigestock. »Gern. Das Geschirr ist dort im Schrank, das Besteck in der Schublade darunter. Servietten findest du hier; nimm gleich mehrere für jeden – mit Krebsen kann man sich schrecklich besudeln.«

Er wollte sie nicht anschauen, wollte sich die Illusion nicht zerstören, sich nicht vorstellen, daß das, was sich eben zwischen ihnen abgespielt hatte, nur Einbildung gewesen war.

Auch Allie dachte über das eben Geschehene nach, während sie Teller, Besteck, Salz und Pfeffer auf dem kleinen Holztisch verteilte. Die Worte, die er gesagt hatte, hallten in ihrem Kopf nach, und ihr wurde dabei ganz warm ums Herz. Noah reichte ihr, als sie fertig war, das Brot, und ihre Finger berührten sich kurz.

Er machte sich wieder an der Bratpfanne zu schaffen und wendete das Gemüse. Dann hob er den Deckel des Dampftopfes, stellte fest, daß die Krebse noch ein paar Minuten brauchten, und ließ sie weiter garen. Er hatte sich jetzt wieder etwas gefaßt und beschloß, ein belangloseres Gespräch zu beginnen.

»Hast du schon mal Krebse gegessen?«

»Zwei-, dreimal, aber nur im Salat.«

Er lachte. »Dann mach dich auf ein kleines Abenteuer gefaßt. Warte eine Sekunde.« Er eilte die Treppe hinauf und kam kurz darauf mit einem marineblauen Herrenhemd zurück. Er reichte es ihr.

Allie schlüpfte hinein und nahm den Geruch darin wahr – seinen Geruch.

»Keine Angst«, sagte er, als er ihren Gesichtsausdruck bemerkte. »Es ist sauber.«

Sie lachte. »Weiß ich doch. Es erinnert mich nur an unser erstes Beisammensein. Du hast mir damals deine Jacke über die Schultern gelegt, weißt du noch?«

Er nickte.

»Ja, ich erinnere mich genau. Fin und Sarah waren dabei. Fin hat mich den ganzen Heimweg mit dem Ellenbogen angestoßen und versucht, mich zu ermuntern, deine Hand zu nehmen.«

»Du hast es aber nicht getan.«

»Nein«, sagte er und schüttelte den Kopf.

»Und warum nicht?«

»Aus Schüchternheit vielleicht oder Angst. Ich weiß nicht. Es kam mir damals einfach unpassend vor.«

»Aber du warst wirklich schüchtern, oder?«

»Mir gefällt das Wort ›zurückhaltend‹ besser«, entgegnete er mit einem Zwinkern, und sie lächelte.

Das Gemüse und die Krebse wurden gleichzeitig gar. »Vorsicht, heiß«, sagte er und reichte ihr eine der Schüsseln. Sie nahmen einander gegenüber an dem kleinen Tisch Platz. Dann merkte Allie, daß der Tee noch auf der Anrichte stand, und holte ihn. Nachdem Noah Gemüse und Brot verteilt hatte, legte er Allie einen Krebs auf den Teller. Sie starrte eine Weile darauf.

»Sieht wie ein Rieseninsekt aus.«

»Aber ein sympathisches«, sagte er. »Hier, schau zu, wie's gemacht wird.«

Geschickt hantierte er mit Hummerzange und -gabel, daß es wie ein Kinderspiel aussah, zauberte das Fleisch hervor und legte es ihr auf den Teller. Bei ihren ersten Versuchen wandte Allie zuviel Kraft an, zerbrach Scheren und Beine und mußte ihre Finger zu Hilfe nehmen, um die Schalen vom Fleisch zu lösen. Sie kam sich unbeholfen vor, hoffte, es würde Noah nicht auffallen, und merkte daran, wie unsicher sie war. Äußerlichkeiten wie diese interessierten Noah nicht, hatten ihn nie interessiert.

»Was ist aus Fin geworden?« fragte sie.

Er zögerte etwas mit der Antwort.

»Fin ist im Krieg gefallen. Sein Zerstörer wurde dreiundvierzig von einem Torpedo getroffen und versenkt.«

»Tut mir leid«, murmelte sie. »Ich weiß, er war einer deiner besten Freunde.«

»Ja, das war er.« Seine Stimme veränderte sich, wurde tiefer. »Ich muß oft an ihn denken. Vor allem an unsere letzte Begegnung. Ich war hergekommen, um mich von Vater zu verabschieden, bevor ich eingezogen wurde. Bei der Gelegenheit sind wir uns wiederbegegnet. Er war damals Bankier, wie schon sein Vater, und wir haben in der folgenden Woche viel Zeit miteinander verbracht. Manchmal denke ich, daß ich indirekt an seinem Tod schuld bin. Ohne mein Beispiel wäre er vielleicht nicht Soldat geworden.«

»So darfst du nicht denken«, sagte sie und bedauerte, das Thema angeschnitten zu haben.

»Du hast recht. Aber er fehlt mir eben.«

»Ich mochte ihn auch gern. Er hat mich immer zum Lachen gebracht.«

»Ja, das konnte er gut.«

Sie warf ihm einen verschmitzten Blick zu.

»Er hatte ein Auge auf mich geworfen. Wußtest du das?«

»Ja, er hat's mir erzählt.«

»Wirklich? Und was hat er gesagt?«

Noah zuckte die Achseln. »Na, das Übliche. Daß du hinter ihm her wärest. Daß er dich dauernd abwimmeln mußte. Du kennst ihn ja.«

Sie lachte still in sich hinein. »Hast du ihm geglaubt?«

»Natürlich«, antwortete er. »Warum nicht?«

»Ihr Männer haltet einfach immer zusammen«, sagte sie, langte über den Tisch und kniff ihm in den Arm. »Dann erzähl doch mal, was du alles so getan hast, seitdem wir uns das letzte Mal gesehen haben.«

Und sie fingen an, sich ihre Erlebnisse zu erzählen. Noah schilderte, wie er New Bern verlassen, zunächst auf einer Schiffswerft, dann auf dem Schrottplatz gearbeitet hatte. Er sprach liebevoll von Morris Goldman, erwähnte die Jahre im Krieg, überging aber Einzelheiten und erzählte dafür um so ausführlicher von seinem Vater. Allie beschrieb ihre Zeit am College, die einsamen Stunden im Atelier, dann ihre Tage als freiwillige Helferin im Lazarett. Sie erzählte von ihrer Familie und den Wohltätigkeitsveranstaltungen, an denen sie teilgenommen hatte. Freunde oder Freundinnen, mit denen sie in diesen Jahren zusammengewesen waren, blieben indes unerwähnt, nicht einmal von Lon war die Rede. Und obwohl sich beide dessen bewußt waren, vermieden sie es, davon zu sprechen.

Später versuchte sich Allie zu erinnern, wann sie sich das letzte Mal so angeregt mit Lon unterhalten hatte. Obwohl sie sich selten stritten und sie, Allie, gut zuhören konnte, war Lon nicht der Mann, der solche Gespräche liebte. Wie seinem Vater und auch ihrem wäre es ihm unangenehm, fast peinlich gewesen, seine

Gedanken und Gefühle zu offenbaren. Sie hatte ihm zu erklären versucht, daß sie ihm näher sein wollte, doch es hatte nichts geändert.

Aber jetzt erst wurde ihr klar, was ihr so gefehlt hatte.

Der Himmel wurde dunkler, der Mond stieg höher, und ohne daß es ihnen bewußt war, stellte sich die alte Vertrautheit zwischen ihnen wieder ein.

* * *

Schließlich beendeten sie ihr Abendessen, das beiden sehr geschmeckt hatte. Noah schaute auf die Uhr und sah, daß es spät geworden war. Der Himmel stand jetzt voller Sterne, und das Zirpen der Grillen verstummte allmählich. Noah hatte es genossen, so mit Allie zu sprechen. Doch er fragte sich, ob er nicht zu viel von sich preisgegeben hatte, und was sie wohl von seinem Leben dachte, ob es ihr überhaupt wichtig war.

Noah erhob sich und füllte wieder den Teekessel. Sie deckten gemeinsam den Tisch ab und stellten das Geschirr in die Spüle. Er goß heißes Wasser in die Tassen, gab in jede einen Teebeutel.

»Wollen wir wieder auf die Veranda gehen?« fragte er und reichte ihr die Tasse. Sie nickte lächelnd und ging voraus. Er nahm eine Decke mit für den Fall, daß ihr kalt würde, und bald saßen sie wieder auf ihren alten Plätzen, sie mit der Decke über den Knien. Noah beobachtete sie aus den Augenwinkeln. *Mein Gott, ist sie schön*, dachte er. Und sein Herz krampfte sich zusammen.

Denn im Laufe des Essens war etwas geschehen.

Ganz einfach – er hatte sich wieder verliebt. Das wußte er jetzt, da sie beieinander saßen. Er hatte sich verliebt in eine neue Allie, nicht in die von früher.

Aber im Grunde hatte er nie aufgehört, sie zu lieben, und das, so spürte er, war sein Schicksal.

»Es war sehr schön heute abend«, sagte er mit weicher Stimme.

»Ja«, erwiderte sie. »Wunderschön.«

Noah blickte hinauf zu den Sternen. Ihr Blinken erinnerte ihn daran, daß sie bald gehen würde, und er fühlte eine große Leere in seinem Innern. Ein Abend wie dieser dürfte nie enden. Wie sollte er ihr das sagen? Was konnte er sagen, um sie zum Bleiben zu bewegen? Er wußte es nicht. Und so entschloß er sich zu schweigen.

Die Schaukelstühle bewegten sich in gleichmäßigem Rhythmus. Und wieder huschten Fledermäuse durch die Luft. Motten umschwirrten das Verandalicht. Irgendwo, das wußte er, waren Menschen, die sich gerade liebten.

»Erzähl mir was, Noah«, sagte sie schließlich, und ihre Stimme klang sinnlich. Oder spielte ihm seine Phantasie einen Streich?

»Was möchtest du hören?«

»Sprich zu mir wie damals unter der Eiche.«

Und so sang er das Loblied auf die Nacht, rezitierte alte Verse von Whitman und Thomas, weil er deren Bilder liebte. Von Tennyson und Browning, weil ihm ihre Themen so vertraut waren.

Sie lehnte den Kopf an die Rückenlehne des Schaukelstuhls, schloß die Augen und spürte, wie ihr immer wärmer ums Herz wurde. Es waren nicht allein die Gedichte, nicht allein seine Stimme, die diese Wirkung hervorriefen. Es war die Summe all dessen. Sie versuchte nicht, es zu begreifen, wollte es auch gar nicht. Gedichte wurden nicht geschrieben, um analysiert zu werden, sie sollten nicht den Verstand, sondern die Gefühle ansprechen, sollten inspirieren und anrühren.

Damals im College hatte sie mehrere Literaturvorlesungen besucht, aber schon bald war ihr Interesse erloschen, weil nichts sie inspirierte und niemand inspiriert zu sein schien, wie es ein wahrer Liebhaber der Poesie sein sollte.

Als Noah seine Rezitationen beendet hatte, saßen sie eine Weile schweigend da und hingen ihren Gedanken nach. Der Zwang, der Allie hierhergetrieben hatte, war vergangen, und sie war froh darüber. Doch das, was sie nun statt dessen empfand – diese erregenden Gefühle in ihrem Innern –, erfüllten sie mit Angst. Sie hatte versucht, sie zu leugnen, sich vor ihnen zu verstecken, aber jetzt erkannte sie, daß sie wünschte, sie würden nie mehr vergehen. Es war Jahre her, daß sie so tief empfunden hatte.

Lon konnte solche Gefühle in ihr nicht wachrufen. Er hatte es nie vermocht und würde es wohl auch nie können. Vielleicht war das der Grund, weshalb sie bisher nicht mit ihm geschlafen hatte. Dabei hatte er alles versucht, mit Blumen und Vorwürfen, und sie hatte sich immer damit herausgeredet, daß sie bis zur Hochzeit warten wolle. Er fügte sich, und manchmal fragte sie sich, wie verletzt er sein würde, sollte er jemals von der Affäre mit Noah erfahren.

Aber es gab noch etwas anderes, das sie bewogen hatte zu warten, und das hatte mit Lon selbst zu tun. Lon war ungeheuer ehrgeizig, und die Arbeit war vorrangig für ihn. Da blieb keine Zeit für Gedichte und besinnliche Abende im Schaukelstuhl auf der Veranda. Sie wußte, das war der Grund für seinen Erfolg, und sie achtete und bewunderte ihn deshalb irgendwie auch. Doch gleichzeitig spürte sie, daß es ihr nicht genügte.

Sie wollte etwas anderes, sie wollte mehr. Leidenschaft und Romantik vielleicht, oder auch vertrauliche Gespräche bei Kerzenschein, oder vielleicht ganz einfach, nicht nur die zweite Geige zu spielen.

Auch Noah hing seinen Gedanken nach. Und er wußte schon jetzt, daß er diesen Abend niemals vergessen würde, daß er diesen Abend immer als etwas Besonderes in Erinnerung behalten würde. Und während er vor- und zurückschaukelte, entsann er sich ihres gemeinsamen Sommers und dachte, daß alles, was sie damals tat, wie mit Spannung geladen auf ihn gewirkt hatte.

Und wie er jetzt neben ihr saß, fragte er sich, ob sie in den Jahren, die sie getrennt gewesen waren, jemals ähnliche Träume gehabt hatte wie er. Hatte sie jemals geträumt, wieder in seinen Armen zu liegen, ihn im Mondschein zu küssen? Oder hatte sie sogar von ihren nackten Körpern geträumt, die viel zu lange voneinander getrennt gewesen waren ...

Er starrte in den Sternenhimmel und dachte an seine unzähligen einsamen Nächte seit ihrer Trennung. Und jetzt, beim Wiedersehen, kamen all diese Gefühle wieder hoch, und es war unmöglich, sie zu unterdrücken. Er wußte, er wollte wieder zärtlich mit ihr zusammen sein, wollte ihre Liebe zurückgewinnen. Das war es, was er auf der Welt am meisten begehrte.

Doch er wußte auch, daß es ein Wunschtraum bleiben würde. Jetzt, wo sie verlobt war.

Sein Schweigen verriet ihr, daß er an sie dachte, und sie genoß dieses Gefühl von Herzen. Sie wußte zwar nicht, was er dachte, doch das machte nichts, wenn er nur an sie dachte. Das genügte ihr.

Sie erinnerte sich an ihre Unterhaltung beim Abendessen und fragte sich, ob er einsam war. Irgendwie konnte sie sich nicht vorstellen, daß er jemand anders als ihr Gedichte vorlas, oder seine Träume mit einer anderen Frau teilte. Aber vielleicht wünschte sie sich das nur.

Sie strich sich mit den Fingern durchs Haar und schloß die Augen.

»Bist du müde?« fragte er aus tiefen Gedanken heraus.

»Ein bißchen. Ich muß jetzt wirklich bald gehen.«

»Ich weiß«, sagte er und bemühte sich um einen gleichgültigen Ton.

Sie stand nicht sofort auf, griff statt dessen nach ihrer Tasse, nahm einen letzten Schluck, spürte, wie er warm durch ihre Kehle rann. Sie sog den Abend in sich auf. Den Mond, den Wind in den Baumkronen, die merklich kühlere Luft.

Dann schaute sie Noah an. Die Narbe an seinem Kinn war von der Seite deutlich sichtbar. Sie fragte sich, ob sie vom Krieg her stammte und ob er überhaupt im Krieg verwundet worden war. Er hatte es nicht erwähnt, und sie hatte keine Fragen gestellt, wohl deshalb, weil sie sich nicht vorstellen mochte, daß er Schmerzen gelitten hatte.

»Ich gehe jetzt«, sagte sie schließlich und reichte ihm die Decke.

Noah nickte und stand wortlos auf. Er trug die Decke zurück und begleitete sie zu ihrem Wagen. Unter ihren Schritten raschelte das Herbstlaub. Während er ihr die Tür öffnete, begann sie das Hemd aufzuknöpfen, das er ihr geliehen hatte. Er schüttelte den Kopf.

»Behalt es«, sagte er. »Ich möchte, daß du es behältst.«

Sie fragte nicht nach dem Grund, weil sie es gern behalten wollte. Sie knöpfte es wieder bis oben zu und verschränkte die Arme vor der Brust, um nicht zu frieren. Und während sie so dastand, mußte sie daran denken, wie sie nach einer Tanzveranstaltung auf ihrer Veranda gestanden und auf einen Kuß gewartet hatte.

»Danke, daß du gekommen bist«, sagte er. »Es war ein unglaublich schöner Abend für mich.«

»Für mich auch«, antwortete sie.

Er nahm all seinen Mut zusammen.

»Sehen wir uns morgen wieder?«

Eine simple Frage. Und sie wußte genau, wie die Antwort lauten müßte, vor allem, wenn sie Probleme vermeiden wollte. »Besser nicht«, hätte sie sagen müssen, zwei Worte nur, und alles wäre hier und jetzt zu Ende gewesen. Doch sie zögerte mit der Antwort.

Sie mußte eine Wahl treffen, die ihr unendlich schwer fiel. Warum brachte sie die beiden Worte nicht über die Lippen? Sie wußte es nicht. Aber als sie in seine Augen schaute, um die Antwort darin zu finden, sah sie den Mann, in den sie sich einst verliebt hatte, und plötzlich wußte sie, was sie sagen mußte.

»Ja, gern.«

Noah war überrascht. Mit dieser Antwort hatte er nicht gerechnet. Er hätte sie am liebsten in seine Arme genommen, doch er hielt sich zurück.

»Kannst du gegen Mittag hier sein?«

»Sicher. Was hast du vor?«

»Du wirst schon sehen«, erwiderte er. »Ich möchte dir etwas zeigen.«

»War ich schon mal dort?«

»Nein, aber es ist etwas ganz Besonderes.«

»Und wo?«

»Es ist eine Überraschung.«

»Wird es mir dort gefallen?«

»Da bin ich ganz sicher«, sagte er.

Sie wandte sich ab, bevor er versuchen konnte, sie zu küssen. Sie wußte zwar nicht, ob er es versucht hätte, wußte nur, daß es ihr schwergefallen wäre, sich dagegen zu wehren. Und bei all den verwirrenden Gedanken, die ihr durch den Kopf gingen, wäre das jetzt zuviel für sie gewesen. Sie ließ sich hinter das Lenkrad gleiten und stieß einen Seufzer der Erleichterung aus. Er schlug die Tür für sie zu, und sie drehte den Zündschlüssel. Als der Motor ansprang, kurbelte sie das Fenster ein wenig herunter.

»Bis morgen«, sagte sie, und der Mond spiegelte sich in ihren Augen.

Noah winkte, während sie ein Stück zurücksetzte und dann langsam die Einfahrt hinunterfuhr. Er sah dem Wagen nach, bis die Lichter hinter den fernen Eichen verschwunden und die Motorgeräusche verhallt waren. Clem kam herbeigehinkt, und Noah kniete nieder, um sie zu streicheln, besonders an der Stelle am Hals, die sie mit der Hinterpfote nicht mehr erreichen konnte. Nach einem letzten Blick zur Straße ging er langsam zurück auf die Veranda.

Er nahm wieder im Schaukelstuhl Platz und ließ den ganzen Abend noch einmal vor seinem inneren Auge vorbeiwandern. Jede Szene, jedes gesprochene Wort tauchte in seiner Erinnerung auf, spulte sich wie in Zeitlupe vor ihm ab. Er mochte weder zur Gitarre greifen noch ein Buch zur Hand nehmen. Er wußte nicht mehr, was er fühlte.

»Sie ist verlobt«, flüsterte er sich zu und versank dann in Schweigen. Kein Laut war zu hören, nur das leichte Knarren des Schaukelstuhls. Und ab und zu schaute Clem nach ihm, als wollte sie fragen: »Ist alles in Ordnung?«

Und irgendwann in dieser klaren Oktobernacht überkam Noah eine unbändige Sehnsucht, eine Sehnsucht, die schlimmer war als körperlicher Schmerz. Hätte ihn jemand beobachtet, so hätte er geglaubt, einen alten Mann vor sich zu haben, der in wenigen Stunden um Jahrzehnte gealtert war. Einen Mann, der gebeugt in seinem Schaukelstuhl saß, der versuchte, die Tränen hinter seinen Händen zu verbergen.

Tränen, die er nicht zurückhalten konnte.

Anrufe

Lon legte den Hörer auf die Gabel zurück.

Er hatte um sieben angerufen, dann um halb neun, und jetzt sah er wieder auf die Uhr. Zwanzig vor zehn.

Wo war sie?

Er wußte, daß sie in dem Hotel abgestiegen war, dessen Telefonnummer sie ihm gegeben hatte. Der Portier hatte es ihm vorhin bestätigt. Ja, sie hätte sich angemeldet und hätte dann gegen sechs das Hotel wieder verlassen. Wohl zum Abendessen, wie er annehmen mußte. Nein, seitdem habe er sie nicht mehr gesehen.

Lon schüttelte den Kopf und lehnte sich seufzend in seinen Sessel zurück. Er war, wie üblich, der letzte im Büro, und alles war still. Das war normal bei einem laufenden Prozeß, auch wenn alles gut lief. Sein Beruf war seine Leidenschaft, und spät abends, wenn alle gegangen waren, konnte er seine übrige Arbeit erledigen, ohne ständig unterbrochen zu werden.

Er war sicher, den Prozeß zu gewinnen. Er war ein Meister seines Fachs und wußte, wie man die Geschworenen für sich einnimmt. Das gelang ihm fast immer, und so verlor er nur äußerst selten. Teilweise hing das auch damit zusammen, daß er sich inzwischen seine Fälle aussuchen konnte und nicht mehr alles annehmen mußte. Nur wenige Anwälte in der Stadt waren so erfolgreich wie er, was sich natürlich auch auf seine Einkünfte auswirkte.

Vor allem aber beruhte sein Erfolg auf harter Arbeit. Er hatte stets größten Wert auf Details gelegt, besonders zu

Anfang, als er seine Rechtsanwaltspraxis eröffnet hatte. Auf kleine, scheinbar nebensächliche Dinge, und das war ihm mit der Zeit zur Gewohnheit geworden. Diesem ungeheuren Fleiß und dieser Gewissenhaftigkeit war es zu verdanken, daß er zu Anfang seiner Karriere Prozesse gewann, die jeder andere wohl verloren hätte.

Und jetzt beunruhigte ihn so ein kleines Detail.

Keines, das mit dem Prozeß zu tun hatte. Nein, da gab es keine Unklarheiten. Es war etwas anderes.

Etwas, das Allie betraf.

Doch, verdammt, er kam einfach nicht drauf. Als sie fortgefahren war heute morgen, war alles noch in Ordnung gewesen. Wenigstens hatte er das gedacht. Doch irgendwann kurz nach ihrem Anruf, hatte ihn etwas stutzig gemacht. So eine Kleinigkeit.

Kleinigkeit.

Etwas Unbedeutendes? Etwas Wichtiges?

Denk nach ... Denk nach ... Verdammt, was war es bloß?

Er dachte angestrengt nach.

Etwas ... etwas ... etwas, das gesagt worden war?

Ja, das war's. Jetzt wußte er es. Aber was nur? Hatte Allie etwas am Telefon gesagt? Er ging das kurze Gespräch noch einmal durch. Nein, er konnte sich an nichts Außergewöhnliches erinnern.

Aber irgend etwas mußte es gewesen sein.

Was hatte sie gesagt?

Ihre Fahrt war gut verlaufen, sie hatte sich im Hotel angemeldet, war einkaufen gegangen. Wollte vielleicht noch an die Küste fahren. Hatte ihm ihre Telefonnummer gegeben. Das war in etwa alles.

Er dachte über Allie nach. Er liebte sie, daran bestand kein Zweifel. Sie war nicht nur hübsch und charmant, sie war auch der ruhende Pol in seinem Leben. Nach einem langen und harten Arbeitstag war sie der erste Mensch, den er anrief. Sie hörte ihm zu, lachte in den richtigen Momenten und hatte ein Gespür dafür, was zu hören ihm guttat.

Doch das war nicht alles; er bewunderte die Art, wie sie stets ihre Meinung sagte. Er erinnerte sich an einen besonderen Vorfall: Als sie einige Male miteinander ausgegangen waren, hatte er ihr gesagt, was er bis dahin jeder Frau gesagt hatte – daß er noch nicht bereit sei, eine echte Partnerschaft einzugehen. Anders als die andern hatte Allie nur genickt und gesagt: »Schon recht.« Auf dem Weg zur Tür hatte sie dann gesagt: »Weißt du, was dein Problem ist? Nicht ich, auch nicht deine Arbeit oder deine Freiheit oder was du sonst glaubst. Dein Problem, das bist du allein. Dein Vater hat den Namen Hammond berühmt gemacht, und du bist sicher dein ganzes Leben lang mit ihm verglichen worden. Du bist nie du selbst gewesen. Ein solches Leben macht innerlich leer, und du suchst nach jemandem, der diese Leere wie durch ein Wunder ausfüllt. Doch niemand kann das, nur du selbst.«

Diese Worte hatten ihn nachdenklich gemacht. Wenige Tage später hatte er sie angerufen und um eine zweite Chance gebeten. Und erst nach hartnäckigem Drängen seinerseits hatte sie zögernd eingewilligt.

In den vier Jahren ihrer Beziehung war sie sein ein und alles geworden, und er erkannte jetzt, daß er sich viel zu wenig um sie gekümmert hatte. Doch der Anwaltsberuf nahm unglaublich viel Zeit in Anspruch. Und obwohl sie stets Verständnis dafür gezeigt hatte, machte er sich jetzt schwere Vorwürfe. Sobald sie verheiratet waren, würde er versuchen, sich seine Zeit anders einzuteilen. Er würde seine Sekretärin beauftragen, seinen Zeitplan so einzurichten, daß er sich hin und wieder einen freien Tag nehmen könnte, für ein verlängertes Wochenende vielleicht, um an die Küste zu fahren …

Küste?

Und wieder arbeitete es in seinem Kopf.

Küste … Küste …

Er starrte an die Decke.

Ja, das war's vielleicht. Er schloß die Augen, dachte angestrengt nach. Nichts.

Komm, streng deinen Grips an, verdammt nochmal!

New Bern.

Der Gedanke schoß ihm durch den Kopf. Ja, New Bern. Das war's. Das kleine Detail, oder wenigstens ein Teil davon. Und was noch?

New Bern, dachte er wieder, er kannte den Namen. Kannte die Stadt von zwei oder drei Prozessen her. Und von mehreren Zwischenstops auf dem Weg zur Küste. Nichts Besonderes. Allie und er waren nie zusammen dort gewesen.

Aber Allie war einmal dort gewesen …

Ein weiteres kleines Teilchen im Puzzle.

Ein weiteres Teil, doch es fehlte noch etwas …

Allie, New Bern … und … und … irgend etwas auf einer Party. Eine beiläufige Bemerkung. Von Allies Mutter. Er hatte ihr keine besondere Bedeutung beigemessen. Aber was hatte sie doch gesagt?

Etwas über Allie …, daß sie einmal in einen jungen Mann aus New Bern verliebt gewesen sei. Sie sprach von einem Jugendschwarm. Na und? hatte er gedacht und hatte sich lächelnd zu Allie gewandt.

Allie jedoch hatte nicht gelächelt. Sie war zornig. Und so mußte Lon annehmen, daß sie diesen Mann weit mehr geliebt hatte, als ihre Mutter meinte. Vielleicht sogar mehr, als sie ihn liebte.

Und jetzt war sie dort.

Lon legte die Handflächen wie im Gebet zusammen und führte sie an die Lippen. Zufall? Gut möglich. Es konnte genauso sein, wie sie gesagt hatte. Es konnte der Streß sein und Lust, durch Antiquitätengeschäfte zu bummeln. Gut möglich. Wahrscheinlich sogar.

Was aber … was aber … was, wenn …?

Lon zog die andere Möglichkeit in Betracht, und zum ersten Mal seit langer Zeit hatte er Angst.

Was wenn? *Was, wenn sie bei ihm war?*

Er verfluchte den Prozeß, wünschte, er wäre zu Ende. Wünschte, er hätte sie begleitet. Fragte sich, ob sie die Wahrheit gesagt hatte. Hoffte, daß es so war.

Und er schwor sich, nichts unversucht zu lassen, um sie zu behalten. Sie war sein Ein und Alles, und er würde keine andere finden, die so war wie sie.

Mit zitternden Händen wählte er die Telefonnummer, zum vierten und letzten Mal an diesem Abend.

Und wieder kam keine Antwort.

Kajaks und vergessene Träume

Allie wurde am nächsten Morgen vom munteren Zwitschern der Stare geweckt. Sie rieb sich die Augen und spürte, wie steif ihre Glieder waren. Sie hatte schlecht geschlafen, war nach jedem Traum hellwach geworden und erinnerte sich, wohl ein dutzendmal auf die Uhr geschaut zu haben.

Sie hatte in dem weichen Hemd geschlafen, das er ihr geschenkt hatte, und glaubte, seinen Geruch wahrzunehmen, als sie an ihren gemeinsamen Abend zurückdachte; an ihre ungezwungene Unterhaltung, an ihr Lachen und vor allem an das, was er über ihre Malerei gesagt hatte. Es war so überraschend für sie gewesen, so wohltuend, und während sie sich seine Worte immer wieder ins Gedächtnis rief, wurde ihr bewußt, was ihr entgangen wäre, hätte sie beschlossen, ihn nicht wiederzusehen.

Sie schaute aus dem Fenster und beobachtete das emsige Treiben der Vögel, die sich im frühen Morgenlicht auf Futtersuche machten. Noah, das wußte sie, war von jeher ein Morgenmensch, der das Erwachen des Tages auf seine Weise begrüßte. Sie wußte, wie gerne er Kajak oder Kanu fuhr und erinnerte sich an einen Morgen, an dem sie beide in seinem Kanu den Sonnenaufgang betrachtet hatten. Sie war in aller Herrgottsfrühe heimlich aus ihrem Fenster geklettert, weil ihre Eltern einen solchen Ausflug niemals erlaubt hätten. Doch sie war nicht erwischt worden und entsann sich, wie Noah den Arm um sie gelegt und sie fest an sich gezogen hatte, als die Morgendämmerung heraufzusteigen begann. »Schau mal«, hatte er geflüstert, und sie hatte, den Kopf an seiner Schulter, ihren ersten Sonnenaufgang gesehen – das Schönste, was sie je erlebt hatte.

Als sie aufstand, um sich ein Bad einzulassen, spürte sie den kalten Boden unter ihren Füßen und fragte sich, ob Noah heute morgen wohl wieder auf dem Wasser gewesen war, um den neuen Tag heraufdämmern zu sehen. Und irgendwie hatte sie das sichere Gefühl, daß er hinausgefahren war.

* * *

Sie hatte recht.

Noah war noch vor Sonnenaufgang auf den Beinen, zog sich schnell an, die Jeans vom Vorabend, Unterhemd, frisch gewaschenes Flanellhemd, blaue Strickjacke und Stiefel. Er putzte sich die Zähne, bevor er nach unten ging, trank ein Glas kalte Milch in der Küche und steckte sich auf dem Weg zur Tür zwei Brötchen ein. Nachdem er sich von Clem zur Begrüßung zweimal übers Gesicht hatte lecken lassen, ging er zum Steg, wo er sein Kajak festgemacht hatte.

Sein altes, mit Flecken übersätes Kajak hing an zwei rostigen Haken, die dicht über der Wasserlinie am Steg befestigt waren, damit die Krebse sich nicht daran festklammern konnten. Er hob es vorsichtig hoch und stellte es auf den Holzplanken ab. Er überprüfte es rasch und trug es dann zur Böschung. Mit einer geschickten, wohl hundertmal schon erprobten Bewegung ließ er es zu Wasser, sprang hinein und steuerte es flußaufwärts.

Die Luft war frisch, fast kalt, der Himmel ein einziger Dunstschleier unterschiedlicher Farben: Schwarz, wie ein Bergmassiv, direkt über ihm, dann Blau in unendlich vielen heller werdenden Nuancen, bis es am Horizont in Grau überging. Er holte mehrmals tief Luft, sog den Duft der Kiefern und den Geruch des Brackwassers in seine Lungen, genoß den Zauber des Flusses, der seine Muskeln lockerte, seinen Körper wärmte und seinen Kopf frei machte.

Das war es gewesen, was ihm in den Jahren im Norden am meisten gefehlt hatte. Wegen der langen Arbeitsstunden war ihm nur wenig Freizeit geblieben. Zelten, Wandern, Paddeln auf Flüssen, Ausgehen, Arbeiten … irgend etwas mußte zu kurz kommen. Er hatte die Landschaft von New Jersey vor allem zu Fuß kennengelernt und war in den vierzehn Jahren nicht ein einziges Mal im Kajak oder Kanu unterwegs gewesen. Das aber hatte er nach seiner Rückkehr in die Heimat kräftig nachgeholt.

Die Morgendämmerung auf dem Wasser zu erleben war für ihn beinahe etwas Mystisches, und er fuhr jetzt fast jeden Morgen hinaus. Ganz gleich ob es warm oder kalt, klar oder trübe war, er paddelte im Gleichklang mit der Musik in seinem Kopf und genoß die Nähe zur Natur. Er beobachtete eine Schildkrötenfamilie auf einem schwimmenden Baumstamm, sah, wie ein Reiher zum Flug ansetzte, dicht über dem Wasser dahinglitt, bis er im silbrigen Zwielicht, das dem Sonnenaufgang vorausging, verschwunden war.

Er steuerte auf die Mitte des Flusses zu, von wo er zusah, wie der rötliche Schimmer auf der Wasserfläche sich ausbreitete. Er paddelte nun nicht mehr so kräftig wie vorher, gerade genug, um auf der Stelle bleiben zu können, und wartete, bis das erste Licht durch die Bäume drang. Er liebte diesen Augenblick des Tagesbeginns, diesen dramatischen Moment, diese Neugeburt der Welt. Dann paddelte er wieder aus vollen Kräften, kämpfte gegen die verbliebene Anspannung an, bereitete sich auf den Tag vor.

Währenddessen wirbelten Fragen in seinem Kopf umher wie Wassertropfen in einer Bratpfanne. Er dachte an Lon, überlegte, was für ein Typ Mann er wohl war und wie die Beziehung zwischen ihm und Allie sein mochte. Vor allem aber dachte er über Allie nach und warum sie gekommen sein mochte.

Als er wieder an seinem Steg angelangt war, fühlte er sich wie neugeboren. Er sah auf die Uhr und stellte erstaunt fest, daß er zwei Stunden unterwegs gewesen war. Die Zeit schien ihm hier draußen immer einen Streich zu spielen, doch er hatte schon vor Monaten aufgehört, sich nach dem Grund zu fragen.

Er hängte das Kajak an die beiden Haken, machte ein paar Dehn- und Streckübungen und ging dann zum Schuppen, wo sein Kanu stand. Er trug es ans Ufer, setzte es einen Meter vom Wasser entfernt ab, und merkte, als er zum Haus zurückgehen wollte, daß seine Beine noch immer etwas steif waren.

Die Morgennebel hatten sich noch nicht vollständig aufgelöst. Er wußte, daß die Steifheit in seinen Beinen meist ein Vorbote von Regen war. Er schaute nach Westen und sah Gewitterwolken sich am Himmel auftürmen, weit in der Ferne zwar, aber trotzdem bedrohlich. Der Wind war noch nicht stark, trieb die Wolken aber eindeutig näher. So wie sie aussahen, schwarz und schwer, war es nicht gut, draußen zu sein, wenn sie sich entluden. Verdammt. Wieviel Zeit blieb ihm noch? Ein paar Stunden, vielleicht mehr. Vielleicht weniger.

Er duschte, zog neue Jeans an, ein rotes Hemd und schwarze Cowboystiefel, kämmte sein Haar und ging in die Küche hinunter. Er spülte das Geschirr vom Vorabend, räumte überall ein wenig auf, bereitete sich einen Kaffee und trat auf die Veranda. Der Himmel hatte sich verdunkelt, und er schaute auf sein Barometer. Beständig, aber es war schon bald mit den ersten Tropfen zu rechnen. Wolken im Westen verhießen stets Regen.

Er hatte schon vor langer Zeit gelernt, das Wetter niemals zu unterschätzen, und überlegte, ob es eine gute Idee war, heute hinauszufahren. Der Regen selbst machte ihm keine Sorgen, doch mit Gewittern war nicht zu spaßen. Schon gar nicht auf dem Wasser. Wenn Blitze am Himmel zuckten, sollte man lieber nicht im Kanu sein.

Er trank seinen Kaffee aus und beschloß, die Entscheidung auf später zu verschieben. Er ging zu seinem Werkzeugschuppen und holte seine Axt. Er prüfte die Schneide, indem er den Daumen darüber gleiten ließ, und schärfte sie dann mit einem Wetzstein. »Eine stumpfe Axt ist gefährlicher als eine scharfe«, hatte sein Vater immer gesagt.

Die nächsten zwanzig Minuten verbrachte er mit Holzhacken. Seine Hiebe waren sicher und gezielt und kosteten ihn keine Schweißtropfen. Einen Teil der Scheite legte er für später auf die Seite, die restlichen trug er ins Wohnzimmer und stapelte sie neben dem Kamin auf.

Als er fertig war, betrachtete er versonnen Allies Bild und berührte es mit der Hand. Und wieder schien ihm unbegreiflich, daß sie hier gewesen war. Was hatte sie nur an sich, daß sie solche Gefühle in ihm weckte? Selbst nach all den Jahren? Was war es, das ihn so sehr in ihren Bann zog?

Er wandte sich kopfschüttelnd ab und trat wieder auf

die Veranda. Er warf noch einmal einen Blick aufs Barometer. Da hatte sich nichts verändert. Dann schaute er auf die Uhr.

Allie mußte bald hier sein.

* * *

Allie hatte ihr Bad beendet und sich schon angezogen. Vorher hatte sie das Fenster geöffnet, um die Temperatur zu prüfen. Es war nicht kalt draußen, und so hatte sie sich für das cremefarbene Frühlingskleid mit den langen Ärmeln und dem Stehkragen entschieden. Es war weich und bequem, vielleicht etwas eng, aber hübsch, und sie besaß dazu passende weiße Sandalen.

Sie verbrachte den Morgen in der Stadt und bummelte durch die Straßen. Die große Krise hatte auch hier ihren Tribut gefordert, doch man konnte schon überall erste Zeichen von neuem Wohlstand erkennen. Das Masonic Theater, das älteste Filmtheater im Land, sah zwar noch etwas heruntergekommener aus als damals, war aber immer noch in Betrieb und zeigte einige der neuesten Filme. »Fort Totten Park« sah noch genauso aus wie vor vierzehn Jahren, und sie vermutete, daß die Kleinen, die nach der Schule auf den Schaukeln spielten, auch noch genauso aussahen. Sie lächelte, als sie sich an die Zeit erinnerte, in der alles noch einfacher war. Oder ihr einfacher vorgekommen war.

Im Augenblick kam ihr gar nichts einfach vor. Es schien ihr geradezu unwahrscheinlich, daß sich alles so gefügt hatte, und sie überlegte, was sie jetzt tun würde, wenn sie den Artikel in der Zeitung nicht gefunden hätte. Es war Mittwoch, und das hieß Bridge im Country Club, anschließend Versammlung der Junior Women's League mit Spendenaktion für die Privatschule oder das Krankenhaus. Danach Besuch bei ihrer Mutter, dann nach Hause und Umziehen zum Abendessen mit Lon, der Wert darauf legte, mittwochs Punkt sieben das Büro zu verlassen. Es war der Abend in der Woche, an dem sie sich regelmäßig sahen.

Sie unterdrückte ein Gefühl des Bedauerns und hoffte, daß er sich eines Tages ändern würde. Er hatte es schon öfter versprochen und sich meist ein paar Wochen daran gehalten, bis er wieder die alte Gewohnheit annahm. »Ich kann heute abend nicht, Liebes«, sagte er dann. »Tut mir leid, aber es geht nicht. Ich mache es ein andermal wieder gut.«

Sie mochte mit ihm nicht darüber streiten, vor allem weil sie wußte, daß er ehrlich war. Prozesse waren mit ungeheuer viel Arbeit verbunden; trotzdem wunderte sie sich manchmal, warum er soviel Zeit aufgewandt hatte, ihr den Hof zu machen, wenn er jetzt so wenig Zeit für sie hatte.

In der Front Street gab es eine Kunstgalerie. Sie war so in Gedanken, daß sie zunachst vorbeiging, dann aber plötzlich stehenblieb und kehrtmachte. An der Tür hielt sie einen Augenblick inne, als ihr bewußt wurde, wie lange sie nicht mehr in einer Galerie gewesen war. Mindestens drei Jahre, vielleicht länger. Warum eigentlich?

Sie trat ein und schlenderte zwischen den Bildern umher. Die meisten der Künstler stammten aus der Gegend, und ihre Werke waren stark von der See geprägt. Viele Meeresszenen, Sandstrände, Pelikane, alte Segelschiffe, Schleppkähne, Häfen, Möwen. Vor allem aber Wellen. Wellen in allen Formen, Größen und in den undenkbarsten Farben, und nach einer Weile sahen alle gleich aus. Den Künstlern mußte wohl die Inspiration fehlen, oder sie waren bequem, dachte sie.

An einer Wand hingen verschiedene Gemälde, die weit mehr nach ihrem Geschmack waren. Sie waren von einem ihr unbekannten Künstler gemalt, einem gewissen Elayn, und die meisten schienen von der Architektur griechischer Inseln inspiriert zu sein. Das Bild, das sie besonders faszinierte, fiel ihr deshalb auf, weil der Künstler die Szene bewußt übertrieben hatte, indem er die natürlichen Dimensionen verändert und die Farben mit kräftigen, breiten Pinselstrichen aufgetragen hatte. Die Farben waren lebhaft, wahre Farbenwirbel, die das Auge anzogen, es fast automatisch über das Bild leiteten. Je länger sie es betrachtete, desto besser gefiel es ihr. Fast hätte sie es gekauft. Dann wurde ihr klar, daß es ihr deshalb so gut gefiel, weil es sie an ihre eigenen Bilder erinnerte. Vielleicht, dachte sie, hat Noah recht. Vielleicht sollte ich doch wieder zu malen anfangen.

Gegen halb zehn verließ Allie die Galerie und machte sich auf den Weg zu Hoffman-Lane, einem der Kaufhäuser von New Bern. Rasch hatte sie gefunden, was sie suchte – in der Abteilung für Schulartikel. Papier, Zeichenkohle, Stifte, keine hochwertige Qualität, aber es genügte. Sie wollte ja nicht gleich mit richtigem Malen beginnen, es sollte nur ein Anfang sein. Sie konnte es kaum erwarten, bis sie wieder in ihrem Hotelzimmer war. Sie nahm an ihrem Schreibtisch Platz und fing an; nichts Besonderes, sie wollte nur wieder ein Gespür für Farben und Formen bekommen. Nachdem sie sich einen Augenblick konzentriert hatte, warf sie eine Skizze vom Straßenbild unter ihrem Fenster aufs Papier und war erstaunt, wie leicht ihr das Zeichnen von der Hand ging. Es war fast, als hätte sie nie aufgehört.

Als sie fertig war, begutachtete sie ihr Werk, und war durchaus zufrieden mit sich. Sie überlegte, was sie als nächstes versuchen könnte, dachte eine Weile nach und entschloß sich für ein Porträt. Da sie kein Modell vor sich hatte, mußte sie es sich in allen Einzelheiten vorstellen, bevor sie begann. Und obwohl es komplizierter war als die Straßenszene, fiel es ihr relativ leicht und nahm rasch Form an.

Die Minuten vergingen wie im Flug. Sie arbeitete konzentriert, schaute jedoch immer wieder auf die Uhr, um nicht zu spät aufzubrechen. Kurz vor Mittag war sie fertig. Sie hatte fast zwei Stunden gebraucht, doch das Resultat war überraschend. Sie rollte es auf, steckte es in ihre Handtasche und nahm Wagen- und Zimmerschlüssel an sich. Auf dem Weg zur Tür warf sie einen raschen Blick in den Spiegel; fühlte sich seltsam entspannt, ohne genau zu wissen, warum.

Dann die Treppe hinunter, zur Tür hinaus. Plötzlich hinter ihr eine Stimme.

»Fräulein?«

Sie drehte sich um, wußte, daß sie gemeint war. Der Portier. Derselbe Mann wie gestern, Neugier in den Augen.

»Ja?«

»Es ist gestern abend mehrfach für Sie angerufen worden.«

Sie erschrak.

»Wirklich?«

»Ja. Von einem Mr. Hammond.«

Oh, Gott.

»Mr. Hammond hat angerufen?«

»Ja, Fräulein, viermal. Beim zweiten Anruf habe ich mit ihm gesprochen. Er war sehr in Sorge. Er sagte, er sei Ihr Verlobter.«

Sie lächelte schwach, versuchte, ihre Gedanken zu verbergen. Viermal? Vier? Was hatte das zu bedeuten? Wenn nun zu Hause etwas passiert war?

»Hat er etwas gesagt? Etwas von einem Notfall?«

Der Mann schüttelte den Kopf.

»Nein, er hat nichts Bestimmtes gesagt, schien aber sehr in Sorge um Sie.«

Gut, dachte sie und atmete erleichtert auf. Dem Himmel sei Dank. Aber dann, plötzlich, ein banges Gefühl. Warum diese Dringlichkeit? Warum die vielen Anrufe? Hatte sie sich gestern irgendwie verraten? Warum war er so hartnäckig? Das war doch sonst nicht seine Art.

Hätte er etwas herausfinden können? Nein ... unmöglich. Es sei denn, jemand hätte sie gestern gesehen und anschließend bei ihm angerufen. Doch dieser Jemand hätte sie bis zu Noahs Haus verfolgen müssen. Das war undenkbar.

Sie mußte ihn anrufen, daran führte kein Weg vorbei. Aber alles in ihr sträubte sich dagegen. Diese Zeit gehörte ihr, und sie wollte sie sich so einteilen, wie es ihr gefiel. Sie hatte nicht geplant, ihn vor heute abend anzurufen, und sie hatte fast das Gefühl, es würde ihr den Tag verderben, wenn sie jetzt mit ihm reden müßte. Und außerdem – was sollte sie sagen? Wie sollte sie erklären, wo sie gestern so lange gewesen war? Ein spätes Abendessen und ein langer Spaziergang? Vielleicht. Oder ein Film? Oder ...

»Fräulein?«

Fast Mittag, dachte sie. Wo würde er sein? In seinem Büro vermutlich ... Im Gericht, fiel ihr plötzlich ein, und sie fühlte sich sogleich wie von einer schweren Last befreit. Sie konnte gar nicht mit ihm sprechen, selbst wenn sie's wollte. Sie wunderte sich über ihre Gefühle. Sie dürfte nicht so denken, das wußte sie, und doch war es ihr fast gleichgültig. Sie sah auf ihre Armbanduhr.

»Ist es wirklich schon fast zwölf?«

Der Portier nickte, nachdem er auf die Wanduhr geschaut hatte. »Genauer gesagt, Viertel nach zwölf.«

»So ein Pech«, sagte sie. »Mr. Hammond ist jetzt im Gericht, und ich kann ihn nicht erreichen. Könnten Sie ihm sagen, falls er noch einmal anruft, daß ich einkaufen gegangen bin und mich später bei ihm melde?«

»Selbstverständlich«, antwortete er. Und doch konnte sie die Frage in seinen Augen lesen: *Aber wo waren Sie gestern abend?* Er wußte sicher genau, wann sie zurückgekommen war. Reichlich spät für eine unverheiratete Frau in dieser kleinen Stadt.

»Danke«, sagte sie lächelnd. »Sehr freundlich von Ihnen.«

Zwei Minuten später war sie auf dem Weg zu Noah. Sie freute sich auf den Tag und dachte nicht länger an die Anrufe. Gestern noch wäre sie sehr beunruhigt gewesen, und sie fragte sich, was das zu bedeuten hatte.

Vier Minuten, nachdem sie das Hotel verlassen hatte, rief Lon vom Gericht aus an.

Bewegte Wasser

Noah saß in seinem Schaukelstuhl, trank gesüßten Tee und wartete. Als er Allies Wagen schließlich in die Einfahrt biegen hörte, trat er vors Haus und sah, daß sie ihren Wagen unter der Eiche abstellte. Genau an derselben Stelle wie gestern. Clem kam herbeigetrabt und bellte zur Begrüßung an der Wagentür. Allie winkte aus dem Wageninnern.

Sie stieg aus, streichelte Clem, die freudig mit dem Schwanz wedelte. Dann richtete sie sich auf und lächelte Noah an, der langsam auf sie zukam. Sie wirkte gelöster als gestern, zuversichtlicher, und bei ihrem Anblick empfand er erneut eine seltsame Erregung. Und doch war es anders als gestern. Frischere Gefühle, nicht mehr bloße Erinnerungen. Ihre Anziehungskraft war über Nacht noch stärker geworden, noch intensiver, und das machte ihn ein wenig nervös.

Allie ging ihm, ein kleines Täschchen in einer Hand, entgegen. Sie verdutzte ihn mit einem auf die Wange gehauchten Begrüßungskuß, wobei ihre freie Hand einen Augenblick auf seiner Taille ruhte.

»Hallo«, sagte sie, und ihre Augen strahlten. »Und wo ist die Überraschung?«

Zum Glück legte sich seine Nervosität ein wenig. »Nicht mal ein ›Guten Morgen‹ oder ein ›Wie hast du geschlafen‹?« fragte er.

Sie lächelte. Geduld hatte nie zu ihren Stärken gehört.

»Also: Guten Morgen. Wie hast du geschlafen? Und wo ist die Überraschung?«

Er lachte, sah dann aber besorgt drein. »Allie, ich muß dir etwas Unerfreuliches sagen.«

»Was?«

»Ich wollte dir etwas zeigen, aber wenn ich mir diese Wolken anschaue, weiß ich nicht, ob wir fahren sollen.«

»Warum?«

»Das Gewitter. Wir könnten naß werden. Und außerdem könnte es blitzen.«

»Es regnet doch noch nicht. Wie weit ist es denn?«

»Den Fluß hinauf. Etwa eine Meile.«

»Und ich bin noch nie dort gewesen?«

Er schüttelte den Kopf.

Sie überlegte einen Augenblick und schaute sich um. »Laß uns fahren«, sagte sie schließlich entschlossen. »Regen macht mir nichts aus.«

»Bist du sicher?«

»Ja. Absolut sicher.«

Er schaute wieder hinauf zu den Wolken, sah die schwarze Wand langsam näher kommen. »Dann laß uns sofort aufbrechen«, sagte er. »Soll ich schnell die Handtasche ins Haus bringen?« Sie nickte und reichte sie ihm. Er rannte los, deponierte die Tasche auf einem Stuhl im Wohnzimmer, steckte auf dem Rückweg rasch etwas Brot in einen Beutel und war schon wieder draußen.

Seite an Seite machten sie sich auf den Weg zum Steg.

»Wohin fahren wir?«

»Du wirst schon sehen.«

»Einen kleinen Hinweis – bitte!«

»Also gut«, sagte er. »Weißt du noch, wie wir rausgefahren sind, um den Sonnenaufgang zu beobachten?«

»Ich hab' erst heute morgen daran gedacht. Und ich erinnere mich genau, daß mir die Tränen gekommen sind, so überwältigt war ich.«

»Das ist nichts im Vergleich zu dem, was du gleich sehen wirst.«

»Ich soll mir wohl als etwas Besonderes vorkommen.«

Er wartete einen Augenblick mit der Antwort.

»Du bist etwas Besonderes«, sagte er schließlich, und an der Art, wie er es sagte, glaubte sie zu fühlen, daß er noch etwas hatte hinzufügen wollen. Doch er schwieg, und Allie schaute lächelnd zur Seite. Und während sie den Blick schweifen ließ, spürte sie den Wind auf ihrem Gesicht. Er war seit heute morgen etwas stärker geworden.

Kurz darauf hatten sie den Steg erreicht. Er verstaute den Beutel im Bug des Kanus und vergewisserte sich, daß er nichts vergessen hatte, bevor er das Boot ins Wasser gleiten ließ.

»Kann ich irgendwas tun?«

»Nein, nur einsteigen.«

Nachdem sie ins Kanu geklettert war, stieß er es ein Stück weiter ins Wasser, etwas näher zum Steg hin. Dann sprang er mit einem eleganten Satz vom Steg ins Boot, ohne es übermäßig ins Schwanken zu bringen. Allie war beeindruckt von seiner Geschicklichkeit, denn was wie ein Kinderspiel ausgesehen hatte, war in Wirklichkeit, das wußte sie, viel schwieriger.

Allie saß, Noah zugewandt, im vorderen Teil des Kanus. Er hatte irgend etwas von schlechterer Sicht gesagt, als er zu paddeln begann, aber sie hatte den Kopf geschüttelt und gemeint, sie sitze gut so.

Und so war es auch.

Sie konnte alles sehen, was sie wollte, wenn sie nur zur Seite blickte, aber sie wollte vor allem Noah beobachten. Sie war hergekommen, um ihn zu sehen, ihn, und nicht den Fluß. Sein Hemd war oben aufgeknöpft, und sie sah bei jedem Ruderschlag seine Brustmuskeln arbeiten. Seine Ärmel waren hochgekrempelt, und so konnte sie auch seine Armmuskeln bewundern, die vom allmorgendlichen Kajakfahren fest und kräftig waren.

Ein Künstler, dachte sie bei sich. Er hat etwas von einem Künstler an sich, wenn er sich so bewegt. Auch etwas Natürliches, als wäre er auf dem Wasser geboren und von jeher mit dem Element vertraut. Und während sie ihn beobachtete, überlegte sie, wie die Eroberer dieser Gegend wohl ausgesehen haben mochten.

Niemand, den sie kannte, hatte auch nur die leiseste Ähnlichkeit mit ihm. Er war kompliziert, in mancherlei Hinsicht fast ein Widerspruchsgeist und dabei doch einfach – eine merkwürdige erotische Mischung. An der Oberfläche war er der Bursche vom Lande, der eben aus dem Krieg zurückgekehrt war, und wahrscheinlich sah er sich selbst auch so. Und doch war da viel mehr. Vielleicht war es die Poesie, die ihn so anders machte, vielleicht waren es die Werte, die ihm sein Vater mit auf den Weg gegeben hatte, als er heranwuchs. Was immer es war, er schien intensiver zu leben alsander e, und das war es, was ihr gleich zu Be ginn so sehr gefallen hatte.

»Woran denkst du?«

Sie zuckte zusammen, als Noahs Stimme sie in die Gegenwart zurückholte. Sie hatte kaum ein Wort gesagt, seitdem sie auf dem Wasser waren, und hatte die Stille genossen, die er ihr zugebilligt hatte. Er war immer schon so rücksichtsvoll gewesen.

»Lauter angenehme Dinge«, entgegnete sie ruhig, und sie konnte in seinen Augen sehen, daß er wußte, daß sie über ihn nachgedacht hatte. Ihr gefiel die Vorstellung, daß er es wußte, und sie hoffte, daß auch er an sie gedacht hatte.

Und während sie ihn ansah, während sie sah, wie sein Körper sich bewegte, spürte sie wieder dieses sonderbare Brennen in ihrem Innern, wie vor so vielen Jahren. Als sich ihre Blicke begegneten, fühlte sie die Hitze in ihrem Nacken und in ihren Brüsten, und als sie merkte, daß sie errötete, wandte sie sich schnell ab.

»Ist es noch weit?« fragte sie.

»Etwa eine halbe Meile. Nicht mehr.«

»Es ist wunderschön hier draußen«, fuhr sie nach einem kurzen Schweigen fort. »So ruhig. Fast so, als wäre die Zeit stehengeblieben.«

»In gewisser Weise ist das auch so. Der Fluß kommt aus dem Wald. Zwischen hier und der Quelle gibt es kein einziges Farmhaus, und das Wasser ist rein wie Regen. Wohl genau wie seit Ewigkeiten.«

Sie beugte sich vor.

»Sag mal, Noah: Woran kannst du dich am besten erinnern, wenn du an unseren Sommer zurückdenkst?«

»An alles.«

»An nichts Besonderes?«

»Nein«, sagte er.

»Du erinnerst dich nicht?«

Er ließ sich Zeit mit der Antwort und sagte dann ruhig und ernst:

»Nein, Allie, nicht an das. Nicht an das, was du meinst. Es war mir ernst, als ich sagte: ›An alles‹. Ich kann mich an jeden Augenblick erinnern, den wir zusammen verbracht haben, und jeder Augenblick war wunderschön. Ich kann nicht einen einzelnen nennen und sagen, daß er mir wichtiger war als ein anderer. Der ganze Sommer war vollkommen, ein Sommer, wie jeder ihn einmal erlebt haben sollte. Wie kann ich da einen Augenblick hervorheben?

Dichter beschreiben die Liebe oft als ein Gefühl, das wir nicht kontrollieren können, ein Gefühl, das Logik und Verstand ausschaltet. Und genau das war es für mich. Ich hatte nicht die Absicht, mich in dich zu verlieben, und auch du hattest sicher nicht die Absicht, dich in mich zu verlieben. Aber als wir uns begegnet sind, war klar, daß keiner von uns seine Gefühle mehr unter Kontrolle hatte. Wir haben uns verliebt, obwohl wir so verschieden waren, und dann geschah etwas Seltenes und Wunderschönes. Ich habe eine solche Liebe nur einmal erlebt, und deshalb hat sich mir jede mit dir verbrachte Minute für immer eingeprägt. Ich werde niemals auch nur einen einzigen Augenblick vergessen können.«

Allie sah ihn mit großen Augen an. Noch nie hatte ihr jemand so etwas gesagt. Noch nie. Da sie nicht wußte, was sie entgegnen sollte, saß sie schweigend mit glutroten Wangen da.

»Entschuldige, Allie, wenn ich zuviel gesagt habe. Das wollte ich nicht. Aber dieser Sommer ist unvergeßlich für mich, und das wird er immer bleiben. Ich weiß, daß es zwischen uns nie mehr so sein kann wie damals, doch das ändert nichts an dem, was ich für dich empfunden habe.«

»Du hast nicht zuviel gesagt, Noah«, entgegnete sie mit ruhiger Stimme und fühlte eine angenehme Wärme durch ihren Körper strömen. »Es ist nur so, daß ich solche Dinge sonst nie höre. Was du gesagt hast, ist wunderschön. Nur ein Dichter kann so sprechen wie du, und, wie gesagt, du bist der einzige Dichter, den ich kenne.«

Friedliches Schweigen folgte. In der Ferne ertönte der Schrei eines Fischadlers. Das Paddel bewegte sich gleichmäßig, verursachte winzige Wellen, die das Boot sanft schaukelten. Der Wind hatte sich gelegt, und die Wolken wurden immer schwärzer, während das Kanu einem unbekannten Ziel entgegen glitt.

Allie nahm alles wahr, jeden Laut, jeden Gedanken. Ihre Sinne waren hellwach und wanderten noch einmal durch die letzten Wochen. Sie dachte daran, wie sehr sie sich vor dieser Reise gefürchtet hatte. Wie sehr sie dieser Zeitungsartikel erschreckt hatte. Wie schlecht sie nachts geschlafen hatte und wie gereizt sie tagsüber gewesen war. Selbst gestern noch hatte sie Angst gehabt und wäre am liebsten davongelaufen. Die inneren Spannungen hatten nachgelassen. An ihre Stelle war etwas anderes getreten, und sie war glücklich darüber.

Sie war auf sonderbare Weise froh, daß sie hergekommen war, glücklich, daß Noah sich so entwickelt hatte, wie sie es sich vorgestellt hatte, glücklich, daß sie mit diesem Wissen leben würde. Sie hatte in den letzten Jahren zu viele Männer gesehen, die der Krieg, die Zeit oder auch das Geld zerstört hatten. Man brauchte viel Kraft, um sich innere Begeisterung zu bewahren, und das hatte Noah getan.

Die Welt, in der sie lebten, war eine Welt der Arbeit, des Geldes, nicht der Poesie, und es würde den Menschen schwer fallen, Noah zu verstehen. Amerika befand sich im Aufschwung, alle Zeitungen sprachen davon; die Menschen stürzten sich in die Arbeit, um die Schrecken des Krieges zu vergessen. Allie wußte warum, doch sie sah, daß alle, auch Lon, vor allem um des Profits willen so hart arbeiteten und dabei die Dinge vernachlässigten, die die Welt schön machten.

Wer in Raleigh würde sich Zeit nehmen, ein Haus zu restaurieren? Oder Whitman oder Eliot lesen und poetische Bilder ersinnen? Wer würde der Morgendämmerung im Kanu nachjagen? Das waren keine Beschäftigungen, die Gewinn brachten, doch Allie wußte, daß sie das Leben erst lebenswert machten.

Für sie galt das auch für die Kunst, obwohl sie das erst erkannt – oder, besser gesagt, wiedererkannt – hatte, nachdem sie hierhergekommen war. Damals hatte sie es gewußt, und sie verwünschte sich jetzt, etwas so Wichtiges wie das Schaffen von Schönheit vergessen zu haben. Sie würde wieder anfangen zu malen, das wußte sie. Schon heute morgen war ihr klar geworden, daß sie, was auch geschähe, einen neuen Anfang wagen würde.

Würde Lon sie dazu ermuntern? Sie erinnerte sich, ihm am Anfang ihrer Beziehung eines ihrer Bilder gezeigt zu haben. Es war ein abstraktes Gemälde gewesen, eines, das die Phantasie anregen sollte. In gewisser Weise ähnelte es dem Bild über Noahs Kamin, dem, das Noah sogleich verstanden hatte. Lon hatte darauf gestarrt, es eingehend studiert und dann gefragt, was es darstellen sollte. Sie hatte nicht einmal Lust gehabt zu antworten.

Sie schüttelte den Kopf, denn sie wußte, daß sie nicht ganz gerecht war. Sie liebte Lon, liebte ihn schon lange, wenn auch aus anderen Gründen. Zwar war er nicht Noah, doch er war in ihren Augen immer der Mann gewesen, den sie heiraten wollte. Mit Lon würde es keine Überraschungen geben, und es war ihr beruhigend vorgekommen zu wissen, was die Zukunft bringen würde. Er würde ihr ein guter Ehemann sein und sie ihm eine gute Ehefrau. Sie würde ein Haus in der Nähe von Freunden und Verwandten haben, einen angemessenen Platz in der Gesellschaft und Kinder. So war das Leben, das sie hatte leben wollen. Ihre Beziehung würde gewiß nicht leidenschaftlich genannt werden können, doch sie hatte sich schon vor langer Zeit eingeredet, daß es darauf nicht ankam. Die Leidenschaft würde mit der Zeit zwangsläufig vergehen; Achtung und Kameradschaftlichkeit würden an ihre Stelle treten. Beides würde sie bei Lon finden, und sie hatte geglaubt, daß sie mehr nicht brauchte.

Das aber erschien ihr plötzlich fragwürdig, als sie Noah beim Rudern zusah. Er verströmte bei allem, was er tat, allem, was er war, eine solche Sinnlichkeit, daß sie sich bei Gedanken ertappte, die sie als verlobte Frau nicht haben sollte. Sie versuchte, ihn nicht anzustarren, und schaute oft zur Seite, doch seine Art, sich zu bewegen, machte es ihr schwer, den Blick von ihm zu lösen.

»Da wären wir«, sagte Noah und steuerte auf das Ufer zu. Allie schaute sich um, konnte aber nichts Besonderes entdecken.

»Wo ist es?«

»Hier«, sagte er und lenkte das Kanu auf einen alten umgestürzten Baum zu, der eine Öffnung verdeckte, die als solche gar nicht zu erkennen war.

Er ruderte um den Baum herum, und beide mußten den Kopf einziehen, um sich nicht zu stoßen.

»Mach die Augen zu«, flüsterte er, und Allie schlug die Hände vors Gesicht. Sie hörte das leise Plätschern und spürte die Bewegung des Kanus bei jedem

Ruderschlag, der sie aus der Strömung des Flusses trieb.

»Gut«, sagte er schließlich und hörte auf zu rudern. »Jetzt kannst du sie wieder aufmachen.«

Schwäne und Stürme

Sie befanden sich in der Mitte eines Sees, der vom Wasser des Brices Creek gespeist wurde. Er war nicht groß, vielleicht hundert Meter im Durchmesser, und doch war Allie erstaunt, daß man ihn vom Fluß aus nicht hatte sehen können.

Der Anblick war atemberaubend. Sie waren buchstäblich umringt von Tundraschwänen und kanadischen Gänsen. Von Hunderten, Tausenden! An manchen Stellen schwammen sie so dicht beieinander, daß man das Wasser kaum mehr sehen konnte. Und aus der Ferne sahen manche Schwärme von Schwänen fast wie Eisberge aus.

»O Noah«, flüsterte sie schließlich. »Es ist wunderschön.«

Eine lange Weile saßen sie schweigend da und beobachteten das Treiben der Wasservögel. Noah deutete auf eine Gruppe frischgeschlüpfter Gänseküken, die eifrig paddelnd ihren Eltern folgten.

Während Noah sein Kanu über das Wasser ruderte, war die Luft erfüllt von Schnattern und Piepsen. Dabei schenkten ihnen nur die Vögel Beachtung, die dem nahenden Boot ausweichen mußten. Allie streckte die Hand nach einem der Vögel aus und fühlte sein flaumweiches Gefieder unter ihren Fingern.

Noah zog den Beutel mit dem Brot hervor und reichte ihn Allie. Sie brach es in kleine Stückchen und verteilte es, wobei sie die Kleinen bevorzugte und lachte, wenn sie sich um die Beute stritten.

Sie verweilten, bis in der Ferne Donnergrollen zu hören war, noch schwach zwar, aber beide wußten, daß es höchste Zeit war, den Rückweg anzutreten.

Noah steuerte auf den versteckten Ausgang zu, ruderte kräftiger als vorher. Allie war noch immer wie verzaubert von dem, was sie gesehen hatte.

»Noah, was tun sie hier?«

»Keine Ahnung. Ich weiß nur, daß die Schwäne jeden Herbst aus dem Norden zum Lake Matamuskeet ziehen, doch diesmal sind sie hier gelandet, warum, weiß ich auch nicht. Vielleicht hatte der frühe Blizzard etwas damit zu tun. Vielleicht sind sie von ihrer Route abgekommen. Auf jeden Fall finden sie ihren Weg zurück.«

»Sie bleiben nicht?«

»Das kann ich mir nicht vorstellen. Sie werden von ihren Instinkten geleitet, und dies hier ist nicht ihr Ziel. Ein paar von den Gänsen werden vielleicht hier überwintern, aber die Schwäne fliegen zum Lake Matamuskeet zurück.«

Noah paddelte kräftig, während immer dunklere Wolken dicht über ihnen hinwegzogen. Bald fielen die ersten Tropfen. Leichter Sprühregen zunächst, dann immer dichter. Blitz ... Pause ... dann wieder Donner. Schon etwas lauter diesmal. Etwa sechs oder sieben Meilen entfernt. Noah legte noch an Tempo zu, und seine Muskeln schmerzten mit jedem Ruderschlag.

Immer dickere Tropfen jetzt.

Tropfen, die schräg mit dem Winde fielen.

Immer dichter fielen ...

Und Noah ruderte im Zweikampf mit dem Himmel ... ruderte und fluchte ... und verlor den Kampf mit der Natur ...

Es goß jetzt in Strömen, und Allie beobachtete, wie der Regen fast diagonal vom Himmel fiel und der Schwerkraft zu trotzen suchte, indem er sich vom Westwind, der über die Baumkronen jagte, tragen ließ. Der Himmel wurde noch schwärzer, und dicke, schwere Tropfen, Hurrikantropfen, fielen aus den Wolken.

Allie genoß den Regen und legte den Kopf in den Nacken, um die Tropfen auf ihrem Gesicht zu spüren. Sie wußte, daß ihr Kleid bald völlig durchnäßt sein würde, aber es störte sie nicht. Ob er es merken würde?

Sie strich sich mit den Fingern durchs nasse Haar. Es fühlte sich wunderbar an, alles fühlte sich wunderbar an, auch sie fühlte sich wunderbar. Trotz des prasselnden Regens konnte sie seinen schweren Atem hören, und das Geräusch erregte sie auf verwirrende Weise.

Eine Wolke entlud sich jetzt direkt über ihnen, und es schüttete wie aus Kübeln, heftiger als sie es je erlebt hatte. Allie schaute nach oben, lachte und gab jeden Versuch auf, sich gegen die Nässe zu schützen. Noah war erleichtert, denn er hatte nicht ahnen können, wie sie reagieren würde. Auch wenn es ihre Entscheidung gewesen war, konnte sie auf ein solches Gewitter nicht gefaßt gewesen sein.

Wenige Minuten später hatten sie den Steg erreicht, und Noah ruderte das Kanu so nahe an ihn heran, daß Allie ohne Schwierigkeiten aussteigen konnte. Er half ihr hinauf, kletterte dann selbst auf den Steg und zog das Kanu so weit die Böschung hinauf, daß es nicht fortgetrieben werden konnte. Zusätzlich band er es noch mit einem Seil an den Steg. Auf ein paar weitere Minuten im Regen kam es nun nicht mehr an.

Während er das Kanu vertäute, schaute er zu Allie hoch und war fasziniert. Sie war unbeschreiblich schön, wie sie so dastand, ihm zusah und sich naßregnen ließ. Ihr Kleid war völlig durchnäßt und klebte ihr am Körper, und er konnte sehen, wie sich die Umrisse ihrer Brüste unter dem Stoff abzeichneten.

Sogleich wandte er sich ab und murmelte, froh, daß der Regen jeden Laut dämpfte, etwas vor sich hin. Als das Kanu befestigt war, stand er auf, und zu seiner Überraschung ergriff Allie seine Hand. Trotz des Regens gingen sie ohne Hast zum Haus zurück, und Noah stellte sich vor, wie schön es wäre, wenn er die Nacht mit ihr verbringen könnte.

Auch Allie ließ ihrer Phantasie freien Lauf. Sie spürte die Wärme seiner Hand und malte sich aus, wie sie über ihren Körper wandern, ihn langsam erforschen würde. Bei dem bloßen Gedanken stockte ihr der Atem, und sie fühlte ein Kribbeln in den Brustwarzen und eine plötzliche Hitze zwischen den Schenkeln.

Sie war sich bewußt, daß sich etwas zwischen ihnen verändert hatte, seitdem sie hierhergekommen war. Wann es begonnen hatte, wußte sie nicht – war es gestern nach dem Abendessen oder vorhin im Kanu gewesen, oder begann es erst jetzt, während sie Hand in Hand durch den Regen gingen? Was sie jedoch wußte war, daß sie sich wieder in Noah Taylor Calhoun verliebt hatte und daß sie vielleicht, aber nur vielleicht, nie aufgehört hatte, ihn zu lieben.

* * *

Als sie mit tropfnassen Kleidern das Haus betraten, war bei beiden von Befangenheit keine Spur mehr.

»Hast du etwas zum Wechseln mitgebracht?«

Sie schüttelte den Kopf.

»Ich hole dir etwas, damit du die nassen Sachen ausziehen kannst. Es ist vielleicht ein bißchen groß, dafür aber warm.«

»Egal, was es ist.«

»Ich bin gleich wieder da.«

Noah zog seine Stiefel aus, eilte nach oben und kam eine Minute später zurück, eine Baumwollhose, ein langärmeliges Hemd über einem Arm, ein Paar Jeans und ein blaues T-Shirt über dem anderen.

»Hier«, sagte er und reichte ihr die Sachen. »Du kannst dich oben im Schlafzimmer umziehen. Im Badezimmer liegt ein Handtuch für dich, falls du duschen möchtest.«

Sie dankte ihm mit einem Lächeln, ging die Stufen hinauf und spürte, wie sein Blick ihr folgte. Im Schlafzimmer schloß sie die Tür hinter sich. Sie warf die trockenen Sachen aufs Bett und zog sich aus. Sie ging nackt zum Schrank, nahm einen Bügel und hängte ihr Kleid und ihre Unterwäsche im Badezimmer auf, damit die nassen Sachen nicht auf den Holzfußboden tropften. Sie fand es aufregend, splitternackt in dem Zimmer herumzulaufen, in dem er nachts schlief.

Duschen wollte sie nach dem Regenbad nicht. Sie mochte das sanfte Gefühl auf der Haut und stellte sich vor, wie die Menschen vor langer Zeit gelebt haben mochten. Naturverbunden. Wie Noah. Sie schlüpfte in seine Sachen und betrachtete sich im Spiegel. Die Jeans waren zu groß, aber wenn sie das Hemd hineinsteckte und die Hosenbeine hochkrempelte, ging es. Das Hemd war am Kragen leicht angerissen, natürlich viel zu weit und rutschte ihr fast über die Schulter; doch sie fühlte sich behaglich darin. Sie rollte die Ärmel fast bis zu den Ellenbogen hoch, holte ein Paar Socken aus der Kommode, zog sie an und ging ins Badezimmer, um eine Haarbürste zu suchen.

Sie bürstete ihr nasses Haar und ließ es über die Schultern fallen. Zu dumm, daß sie keine Spange dabei hatte oder wenigstens ein paar Haarnadeln.

Und ihre Schminkutensilien. Aber was konnte sie tun? Etwas Wimperntusche von heute morgen war noch vorhanden. Vorsichtig entfernte sie den Rest mit einem Waschlappen.

Als sie fertig war, warf sie einen letzten prüfenden Blick in den Spiegel, fand sich trotz allem hübsch und ging leise die Treppe hinunter.

Noah war im Wohnzimmer, kauerte vor dem Kamin, um das Feuer wieder in Gang zu bringen. Er hörte sie nicht eintreten, und so konnte sie ihn in aller Ruhe bei der Arbeit beobachten. Auch er hatte sich umgezogen und sah gut aus; breite Schultern, nasse Haarsträhnen über dem Kragen, enge Jeans.

Er stocherte mit dem Schürhaken in der Glut, legte frische Holzscheite darauf und steckte Zeitungspapier dazwischen. Allie lehnte sich an den Türpfosten, schlug ein Bein über das andere und sah ihm weiter zu. Innerhalb von wenigen Minuten hatten alle Scheite Feuer gefangen und brannten jetzt gleichmäßig und beständig. Als er die noch unbenutzten Scheite neben dem Kamin aufstapeln wollte, nahm er Allie aus den Augenwinkeln wahr. Er drehte sich rasch zu ihr um.

Auch in seinen Sachen sah sie phantastisch aus. Leicht verlegen wandte er sich wieder seinen Holzscheiten zu.

»Ich habe dich nicht hereinkommen hören«, sagte er und versuchte, seiner Stimme einen möglichst beiläufigen Klang zu geben.

»Ich weiß. Das solltest du auch nicht.« Sie wußte genau, was er gedacht hatte, und stellte belustigt fest, wie jung er wirkte.

»Wie lange stehst du schon da?«

»Ein paar Minuten.«

Noah rieb sich die Hände an den Hosenbeinen sauber und deutete zur Küche.

»Soll ich dir einen Tee machen? Das Wasser müßte schon heiß sein.« Belanglose Worte, irgendwas, um einen klaren Kopf zu behalten. Aber verdammt, wie sie aussah ...

Sie zögerte kurz, spürte seinen Blick, aber verdammt, wie er sie ansah ...

»Gibt's nichts Stärkeres? Oder ist es noch zu früh für einen Drink?«

Er lächelte. »Ich habe noch etwas Whiskey in der Speisekammer. Wär' das was?«

»Klingt gut.«

Er ging in die Küche, und Allie sah, wie er sich mit den Fingern durchs nasse Haar strich.

Langanhaltender Donner dröhnte, und ein erneuter Gewitterschauer setzte ein. Allie hörte, wie der Regen aufs Dach prasselte, hörte, wie das Feuer knisterte, während die züngelnden Flammen den Raum erhellten. Sie trat ans Fenster und sah den dunklen Himmel kurz aufflammen. Gleich darauf ein weiterer Donnerschlag. Ganz nah diesmal.

Sie nahm eine Decke vom Sofa und hockte sich im Schneidersitz auf den Teppich vor dem Kamin. Dann wickelte sie sich in die Decke, machte es sich richtig bequem und starrte in die tanzenden Flammen. Noah kam zurück, lächelte, als er sie so am Boden sitzen sah, und ließ sich neben ihr nieder. Er stellte zwei Gläser ab und schenkte in beide etwas Whiskey ein.

Wieder Donner. Ohrenbetäubend. Wütender Sturm, der den Regen aufpeitschte.

»Da kommt ganz schön was runter.« Noah beobachtete, wie die Tropfen senkrecht die Fensterscheiben hinabflossen.

Er saß jetzt dicht neben ihr, freilich ohne sie zu berühren, sah, wie sich ihre Brüste hoben und senkten, sehnte sich danach, ihren Körper zu berühren, und kämpfte verzweifelt gegen seine Gefühle.

»Ich liebe Gewitter«, sagte sie und nippte an ihrem Glas. »Immer schon. Selbst als kleines Mädchen.«

»Warum?« fragte er, nur um irgend etwas zu sagen.

»Ich weiß nicht. Gewitter haben so etwas Romantisches.«

Sie schwieg eine Weile, und Noah sah, wie sich das Feuer in ihren smaragdgrünen Augen widerspiegelte. »Weißt du noch, wie wir abends kurz vor meiner Abreise das Gewitter beobachtet haben?« fragte sie schließlich.

»Natürlich.«

»Ich habe oft daran denken müssen, als ich wieder zu Hause war. So wie du damals aussahst, habe ich dich in Erinnerung behalten.«

»Habe ich mich sehr verändert?«

Sie nahm einen Schluck Whiskey, spürte, wie er sie wärmte. Dann legte sie ihre Hand auf seine.

»Nicht wirklich. Nicht in den wesentlichen Dingen. Du bist natürlich älter geworden, hast mehr Lebenserfahrung, aber du hast noch immer den gleichen Glanz in den Augen. Du liest noch immer Gedichte und liebst die Natur. Und selbst der Krieg hat dir deine Freundlichkeit, deine Sanftmut nicht nehmen können.«

Er dachte über ihre Worte nach und fühlte ihre Hand auf der seinen, spürte, wie ihr Daumen langsame Kreise zog.

»Allie, du hast mich vorhin gefragt, was mir von unserem gemeinsamen Sommer am besten im Gedächtnis geblieben ist. Woran erinnerst du dich im besonderen?«

Es dauerte eine Weile, bis sie antwortete. Ihre Stimme schien von weit her zu kommen.

»An unsere Liebesnacht. Daran kann ich mich am besten erinnern. Du warst der erste, und es war tausendmal schöner, als ich es mir habe vorstellen können.«

In Noah erwachten die alten Gefühle wieder. Plötzlich schüttelte er den Kopf. Es war fast unerträglich.

»Ich weiß noch, wie ich vor Angst zitterte«, fuhr sie fort. »Ich bin froh, daß du der erste warst. Bin froh, daß wir das gemeinsam erlebt haben.«

»Ich auch.«

»Hattest du auch solche Angst wie ich?«

Noah nickte stumm, und sie lächelte über seine Ehrlichkeit.

»Das dachte ich mir. Du warst so schüchtern damals. Vor allem zu Anfang. Ich weiß noch, wie du mich fragtest, ob ich einen Freund hätte. Als ich ja sagte, wolltest du kaum noch mit mir sprechen.«

»Ich wollte eure Beziehung nicht stören.«

»Das hast du aber, unschuldig, wie du warst«, sagte sie lächelnd. »Und ich bin froh darüber.«

»Wann hast du ihm von uns erzählt?«

»Als ich wieder nach Hause kam.«

»War es schwer?«

»Überhaupt nicht. Ich war viel zu verliebt in dich.«

Sie drückte seine Hand, ließ sie los und rückte ein wenig näher zu ihm. Sie schob ihre Hand unter seinen

Arm und legte den Kopf an seine Schulter. Er nahm ihren Geruch wahr, zart wie Regen, warm.

»Weißt du noch, wie du mich nach dem Stadtfest nach Hause begleitet hast?« sagte sie mit sanfter Stimme. »Ich fragte dich, ob du mich wiedersehen wolltest. Du hast nur genickt und kein Wort gesagt. Das war nicht gerade überzeugend.«

»Ich war vorher noch nie einem Mädchen wie dir begegnet. Ich war völlig überwältigt. Ich wußte nicht, was ich sagen sollte.«

»Ich weiß. Du konntest nie etwas verbergen. Deine Augen haben dich stets verraten. Und du hattest die schönsten Augen, die ich jemals gesehen hatte.«

Sie verstummte, hob den Kopf von seiner Schulter und blickte ihn an. »Ich glaube, ich liebte dich damals mehr, als ich je einen Menschen geliebt habe.«

Wieder zuckte ein Blitz am Himmel. In den Sekunden vor dem Donner trafen sich ihre Augen, und während sie versuchten, die vierzehn Jahre auszulöschen, fühlten beide, was sich seit gestern verändert hatte. Als der Donner ertönte, seufzte Noah, wandte sich ab und blickte zum Fenster.

»Ich wünschte, du hättest die Briefe gelesen, die ich dir geschrieben habe«, sagte er.

Sie schwieg eine lange Weile.

»Ich habe es dir nicht erzählt, Noah«, sagte sie schließlich, »aber auch ich habe dir viele Briefe geschrieben. Ich habe sie nur nie abgeschickt.«

»Und warum?« fragte Noah überrascht.

»Weil ich Angst hatte.«

»Angst wovor?«

»Daß vielleicht alles gar nicht so war, wie ich es geglaubt hatte. Daß du mich vielleicht schon vergessen hattest.«

»Dich vergessen? Das hätte ich nie gekonnt.«

»Das weiß ich jetzt. Ich brauche dich nur anzuschauen. Aber damals war alles anders. Es gab so vieles, was ich nicht verstand, Dinge, die ein junges Mädchen nicht durchschauen kann.«

»Was meinst du damit?«

Sie hielt inne, um sich zu sammeln.

»Als deine ersehnten Briefe ausblieben, wußte ich nicht, was ich denken sollte. Ich erzählte meiner besten Freundin, was geschehen war, und sie sagte, du hättest gekriegt, was du wolltest, und sie wundere sich nicht, daß du nichts von dir hören ließest. Ich konnte mir nicht vorstellen, daß du so bist, niemals. Aber als ich später über alles nachdachte, bekam ich Zweifel, ob dir der Sommer ebensoviel bedeutete wie mir ... Und dann, als mir das alles durch den Kopf ging, erfuhr ich durch Sarah, daß du New Bern verlassen hattest.«

»Fin und Sarah wußten immer, wo ich war ...«

Allie hob die Hand, um ihn zu unterbrechen.

»Ich weiß, aber ich wollte sie nicht fragen. Ich nahm an, daß du New Bern verlassen hattest, um ein neues Leben zu beginnen, ein Leben ohne mich. Sonst hättest du doch sicher geschrieben. Oder angerufen. Oder mich besucht.«

Noah schaute zur Seite, ohne Antwort zu geben, und sie fuhr fort:

»Ich wußte keine andere Erklärung dafür, und mit der Zeit verblaßte der Schmerz, und es wurde leichter, einfach zu vergessen. Wenigstens dachte ich das. Doch in jedem Jungen, dem ich in den folgenden Jahren begegnete, suchte ich nur dich, und jedesmal, wenn die Gefühle zu stark wurden, schrieb ich dir einen Brief. Doch ich schickte ihn nicht ab aus Angst vor dem, was ich herausfinden könnte. Du hattest ein neues Leben begonnen, und ich wollte nicht erfahren, daß du eine andere liebst. Ich wollte uns so in Erinnerung behalten, wie wir damals waren.«

Ihre Worte klangen so lieb, so unschuldig, daß Noah den Wunsch verspürte, sie zu küssen. Er unterdrückte ihn aber, weil er wußte, daß sie jetzt etwas anderes brauchte. Und doch war es so wunderbar, wie sie sich an ihn schmiegte, wie sie ihn berührte.

»Den letzten Brief habe ich vor ein paar Jahren geschrieben. Nachdem ich Lon kennengelernt hatte, schrieb ich an deinen Vater, um herauszufinden, wo du dich aufhieltest. Doch es war alles schon so lange her, und ich war nicht sicher, ob er noch unter der alten Adresse zu erreichen war. Und wegen des Krieges ...«

Sie verstummte, und beide schwiegen eine Weile, jeder in Gedanken versunken. Erst als wieder ein Blitz den Himmel erhellte, brach Noah das Schweigen.

»Du hättest ihn trotzdem abschicken sollen.«

»Warum?«

»Ich habe mich so nach einem Lebenszeichen von dir gesehnt, wollte wissen, was aus dir geworden ist.«

»Du wärst vielleicht enttäuscht gewesen. Mein Leben ist nicht sonderlich aufregend. Übrigens bin ich nicht so, wie du mich in Erinnerung hast.«

»Du bist noch wundervoller, Allie, als ich dich in Erinnerung hatte.«

»Und du bist so gut, Noah.«

Beinahe hätte er nicht weiter gesprochen; er glaubte, nur durch Schweigen die Fassung bewahren zu können, so wie er es die vergangenen vierzehn Jahre stets getan hatte. Aber jetzt waren seine Gefühle so stark, daß er ihnen nachgab.

»Ich sage es nicht, weil ich gut oder nett bin. Ich sage es, weil ich dich jetzt liebe, weil ich dich immer geliebt habe. Viel mehr als du dir vorstellen kannst.«

Ein Holzscheit krachte im Kamin, und beim Sprühen der Funken merkten beide, daß das Feuer bald niedergebrannt sein würde. Neue Scheite mußten aufgelegt werden, doch keiner rührte sich.

Nach einem weiteren Schluck Whiskey begann Allie die Wirkung zu spüren. Doch nicht nur der Alkohol veranlaßte sie, Noah noch fester zu umfassen und seine Wärme zu suchen. Sie schaute zum Fenster hinüber und sah, daß die Wolken fast schwarz waren.

»Ich muß mich ums Feuer kümmern«, sagte Noah, der Zeit zum Nachdenken brauchte. Er erhob sich, schob das Kamingitter zur Seite und legte neue Scheite auf. Dann nahm er den Schürhaken und stocherte in der Glut.

Als das Feuer gleichmäßig brannte, ließ er sich wieder neben Allie nieder. Und wieder kuschelte sie sich an ihn, legte den Kopf an seine Schulter, strich mit der Hand über seine Brust. Noah beugte sich über sie und flüsterte ihr ins Ohr.

»Ist es nicht fast so wie damals? Als wir noch jung waren?«

Sie lächelte zustimmend, und sie schauten, eng umschlungen, in die Flammen.

»Du hast mich nie danach gefragt, Noah, aber trotzdem möchte ich dir etwas sagen.«

»Was denn?«

Ihre Stimme war ganz sanft.

»Es hat nie einen anderen gegeben, Noah. Du warst nicht nur der erste, du bist der einzige Mann, mit dem ich jemals wirklich zusammen war. Ich erwarte nicht, dasselbe von dir zu hören, aber ich möchte, daß du es weißt.«

Noah blickte schweigend zur Seite, während sie in die Flammen starrte. Als sie sich in die Kissen zurücklehnten, glitt ihre Hand über seine Brust, fühlte die Muskeln unter seinem Hemd, Muskeln, hart und fest.

Sie dachte an den Abend zurück, als sie sich zum letzten Mal so in den Armen gehalten hatten. Sie saßen auf dem Flußdeich des Neuse River, und sie weinte, weil sie meinte, nie wieder so glücklich sein zu können. Statt zu antworten, hatte er ihr einen Zettel in die Hand gedrückt, den sie auf der Heimfahrt gelesen hatte. Sie hatte ihn aufbewahrt und immer wieder gelesen, vor allem eine Passage daraus. Und die Zeilen, die sie wohl hundertmal gelesen hatte und fast auswendig kannte, kamen ihr jetzt in den Sinn. Sie lauteten:

Daß die Trennung so wehtut, liegt daran, daß unsere Seelen verbunden sind. Vielleicht waren sie es immer schon und werden es immer bleiben. Vielleicht haben wir tausend Leben vor diesem gelebt und haben uns in jedem Leben gefunden. Und vielleicht sind wir in jedem dieser Leben aus dem gleichen Grund getrennt worden. Das würde bedeuten, daß dieser Abschied zugleich ein Abschied der letzten Zehntausende von Jahren ist und ein Vorspiel zu dem, was vor uns liegt.

Wenn ich dich anschaue, sehe ich deine Schönheit und Anmut und weiß, daß du mit jedem gelebten Leben stärker geworden bist. Und ich weiß, daß ich dich in jedem Leben gesucht habe. Nicht jemanden wie dich, sondern dich, denn deine Seele und die meine sind dazu bestimmt, sich immer wiederzufinden. Doch aus einem Grund, den keiner von uns versteht, sind wir gezwungen, Abschied zu nehmen.

Ich würde dir gern sagen, daß sich alles für uns zum Guten wendet, und verspreche dir, mein Möglichstes dafür zu tun. Aber wenn wir uns trotzdem nicht wiedersehen und dies ein Abschied für immer ist, so weiß ich doch, daß wir uns in einem anderen Leben wieder begegnen werden. Wir werden uns wiederfinden, und vielleicht stehen die Sterne dann günstiger für uns, und wir werden uns dann nicht nur dieses eine Mal lieben, sondern immer und ewig.

War das möglich? fragte sie sich. Könnte er recht haben?

Sie hatte es nie als unmöglich abgetan, hatte Halt gesucht an dieser Hoffnung, einer Hoffnung, die ihr über eine schlimme Zeit hinweggeholfen hatte. Aber ihr jetziges Beisammensein schien die Theorie bestätigen zu wollen, daß es ihnen bestimmt war, für immer getrennt zu sein. Es sei denn, die Sterne standen günstiger für sie als bei ihrem letzten Beisammensein.

Vielleicht war es so, aber sie wollte nicht hinsehen. Statt dessen schmiegte sie sich noch enger an ihn und spürte die Hitze zwischen ihnen, spürte seinen Körper, seinen Arm, der sie fest umschlang. Und ihr Körper begann so erwartungsvoll zu zittern wie damals, in ihrer ersten Liebesnacht.

Es war alles so, wie man nur wünschen konnte. Das Feuer, die Getränke, das Gewitter – es hätte gar nicht vollkommener sein können. Und wie durch ein Wunder schienen die Jahre ihrer Trennung völlig unwichtig zu sein.

Blitze durchzuckten den Himmel. Flammen tanzten auf weißglühendem Holz, verbreiteten Hitze. Oktoberregen prasselte gegen die Fenster, übertönte alle anderen Geräusche.

Und nun gaben sie all den Gefühlen nach, die sie vierzehn Jahre lang unterdrückt hatten. Allie hob den Kopf von seiner Schulter, sah ihn voller Leidenschaft an, und Noah küßte ganz zart ihre Lippen. Sie legte die Hand an sein Gesicht und strich über seine Wange. Er beugte sich tiefer über sie und küßte sie wieder, immer noch sanft und zärtlich, und sie erwiderte seine Küsse und spürte, wie vierzehn Jahre der Trennung sich in Verlangen auflösten.

Sie schloß die Augen und öffnete die Lippen, während seine Finger ihre Arme streichelten, ganz langsam, ganz leicht. Er küßte ihren Nacken, ihre Wange, ihre Augenlider, und sie spürte die Feuchtigkeit seines Mundes überall dort, wo seine Lippen sie berührt hatten. Sie nahm seine Hand und legte sie auf ihre Brüste, und als er sie sanft durch den dünnen Stoff des Hemdes liebkoste, stöhnte sie leise.

Mit vom Licht des Feuers glühendem Gesicht löste sie sich von ihm und begann, ohne ein Wort, sein Hemd aufzuknöpfen. Er sah ihr dabei zu und lauschte ihrem erregten Atem. Bei jedem Knopf spürte er ihre Finger auf seiner Haut, und als sie sich schließlich bis nach unten vorgetastet hatte, lächelte sie ihn zärtlich an. Er fühlte, wie ihre Hände unter den Stoff glitten und seinen Körper zu erforschen begannen. Sie strich mit der Hand über seine heiße, leicht feuchte Brust und fühlte seine Haare zwischen ihren Fingern. Dann küßte sie seinen Nacken und zog das Hemd so über seine Schultern, daß seine Arme auf dem Rücken gleichsam gefesselt waren. Sie hob den Kopf und ließ sich küssen, während er sein Hemd mit einem Ruck auszog.

Dann beugte er sich langsam über sie. Er ließ seine Finger über ihren Bauch gleiten, bevor er ihre Arme hob und das Hemd darüber zog. Als er den Kopf senkte, sie zwischen den Brüsten küßte und mit der Zunge langsam bis zu ihrem Hals hinaufwanderte, konnte sie kaum noch Atem holen. Seine Hände streichelten sanft ihren Rücken, ihre Arme, ihre Schultern. Ihre erhitzten Körper preßten sich eng aneinander, Haut an Haut. Sie hob leicht die Hüften, damit er ihre Hose abstreifen konnte. Dann knöpfte sie langsam seine Jeans auf und schaute zu, wie er sie auszog. Wie in Zeitlupe kamen ihre nackten Körper schließlich zusammen, und die Erinnerung an damals ließ sie beide zittern.

Seine Zunge glitt über ihren Hals, während seine Hände über die weiche Haut ihrer Brüste und ihren Leib tasteten. Er war tief beeindruckt von ihrer Schönheit. Ihr schimmerndes Haar leuchtete im Licht der Flammen. Ihre Haut war zart und glatt, fast glühend im Feuerschein. Und als ihre Finger seinen Rücken streichelten, kam ihm das wie eine Ermutigung vor.

Sie sanken, dicht neben dem Feuer, noch tiefer zurück. Die Hitze machte die Luft fast stickig. Als er sich in einer fließenden Bewegung auf sie schob, war ihr Rücken leicht gewölbt. Sie hob den Kopf und küßte sein Kinn und seinen Hals, atmete schwer, fuhr mit der Zunge über seine Schultern, schmeckte den Schweiß auf seinem Körper. Sie strich mit den Fingern durch sein Haar, während er, die Armmuskeln angespannt, sich über sie beugte. Mit einem kleinen verführerischen Stirnrunzeln wollte sie ihn an sich ziehen, doch er widerstand, neigte sich noch tiefer herab, rieb seine Brust an ihrer, so daß ihr ganzer Körper wie elektrisiert war.

Er tat es langsam, immer und immer wieder, wobei er jedes Fleckchen ihres Körpers küßte und auf ihr sanftes Stöhnen lauschte.

Er tat es so lange, bis sie es vor Verlangen nicht mehr aushielt, und als er schließlich in sie eindrang, schrie sie laut auf und grub ihre Nägel in seinen Rücken. Sie schmiegte das Gesicht an seine Schulter und spürte ihn tief in sich, spürte seine Manneskraft und seine Zärtlichkeit. Sie bewegte sich rhythmisch mit seinem Körper, gab sich ihm völlig hin.

Sie öffnete die Augen und betrachtete ihn im Schein des Feuers, fasziniert von seiner Schönheit. Sie sah seinen Körper von Schweiß glänzen, sah die glitzernden Schweißtropfen seine Brust herabrinnen und, wie draußen der Regen, auf sie niederfallen. Und mit jedem Tropfen, mit jedem Atemzug fühlte sie, wie sie sich mehr und mehr in ihm verlor.

Ihre Körper waren eins im Geben und Nehmen, und ein nie gekanntes Gefühl durchdrang sie, ein Gefühl, von dem sie bisher nichts gewußt hatte. Es wollte gar nicht aufhören, es durchrieselte ihren Körper und wärmte sie, bis es schließlich nachließ und sie keuchend nach Atem rang. Doch fast im gleichen Augenblick begann das Feuer wieder aufzulodern, und alles fing von neuem an. Als der Regen aufhörte und die Sonne aufging, war ihr Körper wohl ermattet, aber nicht bereit, das Spiel ihrer Körper abzubrechen.

So ging der Tag dahin: Sie liebten sich und schauten dann eng aneinander geschmiegt dem Tanz der Flammen zu. Gelegentlich trug er ihr eines seiner Lieblingsgedichte vor; sie lauschte ihm mit geschlossenen Augen und konnte die Worte fast spüren. Nach einer Weile gewann die Lust wieder die Oberhand, und er flüsterte ihr zwischen Küssen Worte der Liebe zu.

So ging es weiter, und man hätte meinen können, sie wollten alles Versäumte nachholen. Erst am späten Abend sanken sie eng umschlungen in Schlaf. Immer wenn er aufwachte, schaute er sie an, sah ihren erschöpften, entspannten Körper und er hatte dann das Gefühl, die ganze Welt sei plötzlich, wie sie sein sollte.

Einmal öffnete auch sie die Augen, lächelte und strich ihm zärtlich über die Wange. Er legte den Finger auf ihre Lippen, ganz sanft, um sie am Sprechen zu hindern, und eine lange Weile schauten sie sich nur schweigend an.

Schließlich flüsterte er: »Du bist die Erfüllung all meiner Gebete. Du bist ein Lied, ein Traum, ein Flüstern, und ich weiß nicht, wie ich so lange ohne dich habe leben können. Ich liebe dich, Allie, mehr als du dir vorstellen kannst. Ich habe dich immer geliebt und werde dich immer lieben.«

»O Noah«, hauchte sie und zog ihn an sich. Sie wollte ihn, brauchte ihn mehr als je zuvor und mehr als alles in der Welt.

Im Gericht

Ein wenig später an diesem Vormittag saßen drei Männer – zwei Rechtsanwälte und der Richter – in einem Amtszimmer des Gerichts. Lon hatte soeben seine Bitte vorgetragen, und der Richter ließ sich Zeit mit der Antwort.

»Ein ungewöhnliches Ersuchen«, meinte er schließlich nachdenklich. »Ich war davon ausgegangen, daß die Verhandlung heute abgeschlossen werden könnte. Kann diese dringende Angelegenheit nicht bis heute abend oder morgen warten?«

»Nein, Euer Ehren, das ist unmöglich«, erwiderte Lon fast etwas zu rasch. *Ruhe bewahren*, sagte er zu sich selbst. *Tief durchatmen.*

»Und es hat wirklich nichts mit diesem Fall zu tun?«

»Nichts, Euer Ehren. Es ist eine reine Privatangelegenheit. Ich weiß, es ist ungewöhnlich, aber ich muß sofort etwas unternehmen.« *Gut. Besser.*

Der Richter lehnte sich in seinen Sessel zurück und musterte Lon einen Augenblick.

»Mr. Bates, was ist Ihre Meinung?«

Bates räusperte sich.

»Mr. Hammond hat mich heute morgen angerufen, und ich habe bereits mit meinem Klienten gesprochen. Er hat nichts dagegen, die Verhandlung auf Montag zu verschieben.«

»So, so«, sagte der Richter. »Und Sie glauben wirklich, das sei im Interesse Ihres Klienten?«

»Ich denke schon«, entgegnete er. »Mr. Hammond hat sich einverstanden erklärt, eine Untersuchung in einer gewissen Angelegenheit durchzuführen, die nicht direkt mit diesem Verfahren zu tun hat.«

Der Richter blickte beide Anwälte streng an und dachte nach.

»Eigentlich gefällt mir das gar nicht«, sagte er schließlich. »Ganz und gar nicht. Aber da Mr. Hammond noch nie solch ein Ersuchen gestellt hat, wird diese Sache für ihn wohl von größter Wichtigkeit sein.«

Um Nachdruck bemüht, hielt er inne und blätterte in einer Akte auf seinem Schreibtisch.

»Ich gebe dem Ersuchen statt. Die Verhandlung wird auf Montag Punkt neun Uhr vertagt.«

»Danke, Euer Ehren«, sagte Lon.

Zwei Minuten später verließ er das Gerichtsgebäude. Er ging zu seinem Wagen, der auf der gegenüberliegenden Straßenseite stand, und stieg ein, um sich auf den Weg nach New Bern zu machen. Als er den Zündschlüssel drehte, zitterten ihm die Hände.

Ein unerwarteter Besuch

Noah bereitete das Frühstück vor, während Allie noch im Wohnzimmer schlief. Schinken, Brötchen und Kaffee, nichts Besonderes. Als er das Tablett neben ihr am Boden abstellte, wachte sie auf, und sobald sie mit dem Essen fertig waren, überkam die Lust sie von neuem. Allie bog sich ihm entgegen und stieß im Moment höchster Lust einen Schrei aus. Bis ihr keuchender Atem zur Ruhe kam, hielten sie sich fest umschlungen.

Sie duschten, und Allie zog ihr Kleid, das über Nacht getrocknet war, wieder an. Sie verbrachte den Morgen mit Noah. Gemeinsam fütterten sie Clem, überprüften alle Fenster, um sicherzugehen, daß das Gewitter keine Schäden angerichtet hatte. Zwei Fichten waren umgeknickt und ein paar Schindeln vom Schuppen geflogen, sonst aber waren Haus und Grundstück verschont geblieben.

Die meiste Zeit hielt er ihre Hand, und sie plauderten über dieses und jenes, manchmal aber verstummte er plötzlich und schaute sie schweigend an. Sie glaubte dann, etwas sagen zu müssen, doch ihr fiel nichts Wesentliches ein. Gedankenverloren küßte sie ihn dann nur.

Kurz vor Mittag gingen sie ins Haus, um sich etwas zu kochen. Da sie am Vortag kaum etwas zu sich genommen hatten, waren sie beide hungrig. Sie schauten nach, was noch in der Speisekammer war, brieten sich etwas Hühnerfleisch und backten ein paar Brötchen auf. Beim Lied einer Spottdrossel aßen sie auf der Veranda.

Sie waren gerade beim Abspülen, da hörten sie plötzlich ein Klopfen an der Tür. Noah ließ Allie in der Küche zurück.

Erneutes Klopfen. »Ich komme«, rief Noah.

Erneutes, lauteres Klopfen.

Er näherte sich schon der Tür.

Energisches Klopfen.

»Ich komme«, rief er und öffnete die Tür.

»O mein Gott.«

Einen Augenblick starrte er die attraktive Frau Mitte Fünfzig fassungslos an, eine Frau, die er, ganz gleich wo, auf der Stelle erkannt hätte.

Er brachte kein Wort heraus.

»Hallo, Noah«, sagte sie schließlich.

Noah sagte noch immer nichts.

»Darf ich reinkommen?« fragte sie.

Er stammelte etwas Unverständliches, während sie an ihm vorbei ins Haus bis zur Treppe ging.

»Wer ist es?« rief Allie aus der Küche, und die Frau schaute in die Richtung, aus der die Stimme gekommen war.

»Deine Mutter«, gab Noah zurück. Als Antwort kam das Klirren von zersplitterndem Glas aus der Küche.

* * *

»Ich wußte, daß du hier bist«, sagte Mrs. Nelson zu ihrer Tochter, als alle drei am Kaffeetisch im Wohnzimmer saßen.

»Wie konntest du da so sicher sein?«

»Du bist meine Tochter. Eines Tages, wenn du selbst Kinder hast, wirst du die Antwort kennen.« Sie lächelte, ein angestrengtes Lächeln, und Noah ahnte, wie schwer ihr dies alles fallen mußte. »Auch ich habe den Artikel gelesen und gesehen, wie du reagiert hast. Und mir ist nicht entgangen, wie angespannt du in den letzten Wochen warst, und als du sagtest, du wolltest an die Küste fahren, um einzukaufen, wußte ich gleich, was du vorhattest.«

»Und Vater?«

Mrs. Nelson schüttelte den Kopf. »Nein, ich habe weder mit deinem Vater noch mit sonstwem darüber gesprochen. Und ich habe auch niemandem gesagt, wo ich heute bin.«

Einc Weile herrschte Schweigen, und Noah und Allie fragten sich, was als nächstes kommen würde, doch Mrs. Nelson schwieg.

»Warum bist du gekommen?« fragte Allie schließlich. Ihre Mutter hob die Brauen.

»Ich dachte, es sei an mir, diese Frage zu stellen.«

Allie wurde blaß.

»Ich bin gekommen, weil ich kommen mußte«, sagte ihre Mutter. »Und du bist wohl aus dem gleichen Grund hier, nehme ich an.«

Allie nickte.

Mrs. Nelson wandte sich zu Noah. »Die letzten zwei Tage dürften wohl voller Überraschungen gewesen sein.«

»Ja«, antwortete er nur, und sie lächelte ihn an.

»Ich weiß, Sie werden es mir nicht glauben, Noah, aber ich habe Sie immer sehr gern gemocht. Ich dachte nur, daß Sie nicht der Richtige für meine Tochter sind. Können Sie das verstehen?«

Er schüttelte den Kopf, und seine Stimme war sehr ernst, als er antwortete.

»Nein, eigentlich nicht. Es war weder mir noch Allie gegenüber fair. Sonst wäre sie wohl nicht hier.«

Mrs. Nelson sah ihn durchdringend an, erwiderte aber nichts. Allie, die einen Streit befürchtete, schaltete sich ein.

»Was wolltest du damit sagen: Du mußtest kommen? Vertraust du mir nicht?«

Mrs. Nelson wandte sich wieder ihrer Tochter zu.

»Mit Vertrauen hat das nichts zu tun, nur mit Lon. Er hat gestern abend angerufen, um mit mir über Noah zu sprechen, und er ist auf dem Weg hierher. Er schien völlig außer sich. Ich dachte, das solltest du wissen.«

Allie rang nach Atem.

»Auf dem Weg hierher?«

»Wie ich sagte. Er hat veranlaßt, daß die Verhandlung erst nächste Woche fortgesetzt wird. Er ist noch nicht in New Bern, muß aber bald eintreffen.«

»Was hast du ihm gesagt?«

»Nicht viel. Aber er wußte schon Bescheid. Er hat es selbst herausgefunden. Er konnte sich erinnern, daß ich einmal von Noah erzählt hatte.«

Allie schluckte.

»Hast du ihm gesagt, wo ich bin?«

»Nein. Sowas würde ich nie tun. Das ist eine Sache zwischen dir und ihm. Aber wie ich ihn kenne, findet er dich, wenn du bleibst. Zwei, drei Anrufe bei den richtigen Leuten. Schließlich habe ich dich auch gefunden.«

Obwohl Allie sichtlich beunruhigt war, lächelte sie ihre Mutter an.

»Ich danke dir«, sagte sie, und ihre Mutter legte die Hand auf die ihrer Tochter.

»Ich weiß, daß wir unsere Differenzen hatten, Allie, daß wir nicht immer in allem einig waren. Ich bin nicht vollkommen, aber ich habe mein Bestes getan, um dich großzuziehen. Ich bin deine Mutter und werde es immer bleiben. Das heißt, daß ich dich immer lieben werde.«

Allie schwieg eine Weile, bevor sie fragte: »Und was soll ich tun?«

»Ich weiß nicht, Allie. Es ist deine Entscheidung. Aber du solltest dir gut überlegen, was du wirklich willst.«

Allie wandte sich ab, und ihre Augen verschleierten sich. Gleich darauf rollte ihr eine Träne über die Wange.

»Ich weiß nicht ...« Sie konnte nicht weitersprechen, und ihre Mutter nahm ihre Hand. Mrs. Nelson sah zu Noah hinüber, der mit gesenktem Kopf dasaß und zuhörte. Er sah auf, erwiderte ihren Blick, nickte und verließ den Raum.

Als er gegangen war, flüsterte Mrs. Nelson: »Liebst du ihn?«

»Ja«, antwortete Allie mit sanfter Stimme. »Sehr.«

»Und Lon?«

»Ja, auch. Bestimmt, aber irgendwie anders. Er weckt nicht die gleichen Gefühle in mir wie Noah.«

»Das kann wohl niemand«, sagte ihre Mutter und ließ ihre Hand los. »Ich kann dir diese Entscheidung nicht abnehmen, Allie. Du sollst nur wissen, daß ich dich liebe. Daß ich immer für dich da bin. Ich weiß, das hilft dir jetzt nicht, aber es ist alles, was ich tun kann.«

Sie griff in ihre Handtasche und zog ein Päckchen mit Briefen hervor, die mit einem Band zusammengehalten und schon leicht vergilbt waren.

»Da sind die Briefe, die Noah dir geschrieben hat. Ich habe sie nicht weggeworfen, doch sie sind ungeöffnet. Ich weiß, ich hätte sie dir nicht vorenthalten sollen, und es tut mir heute leid. Ich wollte dich nur beschützen. Ich wußte nicht ...«

Erschüttert nahm Allie sie entgegen und strich mit der Hand darüber.

»Ich gehe jetzt, Allie. Du hast eine Entscheidung zu treffen, und dir bleibt nicht viel Zeit. Möchtest du, daß ich in der Stadt bleibe?«

Allie schüttelte den Kopf. »Nein, damit muß ich allein fertig werden.«

Mrs. Nelson nickte und sah ihre Tochter nachdenklich an. Schließlich stand sie auf, ging um den Tisch, beugte sich herab und gab Allie einen Kuß auf die Wange. Als Allie aufstand und sie umarmte, konnte ihre Mutter die Frage in ihren Augen erkennen.

»Was wirst du tun?« fragte ihre Mutter schließlich und löste sich aus der Umarmung. Es folgte ein langes Schweigen.

»Ich weiß nicht«, gab Allie schließlich zurück. Sie umarmten sich noch einmal.

»Danke, daß du gekommen bist«, sagte Allie. »Ich liebe dich.«

»Ich dich auch.«

Auf dem Weg zur Tür glaubte Allie ein geflüstertes ›*Folge deinem Herzen*‹ vernommen zu haben, aber sie war sich nicht sicher.

Scheideweg

Noah begleitete Mrs. Nelson zur Eingangstür.

»Auf Wiedersehen, Noah«, sagte sie ruhig.

Er nickte stumm. Es gab nichts mehr zu sagen, das wußten sie beide. Er sah, wie sie zu ihrem Wagen ging, einstieg und davonfuhr, ohne sich noch einmal umzuschauen. Sie ist eine starke Frau, dachte er bei sich und begriff, von wem Allie ihre Willensstärke hatte.

Noah warf einen Blick ins Wohnzimmer, sah Allie mit gesenktem Kopf dasitzen und ging zur hinteren Veranda, denn er wußte, daß sie allein sein mußte. Er setzte sich in seinen Schaukelstuhl und starrte auf den Fluß, während die Minuten verstrichen.

Nach einer Weile, die ihm wie eine Ewigkeit vorkam, hörte er, daß die Hintertür geöffnet wurde. Er schaute sich nicht um – irgendwie konnte er es nicht –, sondern blieb unbewegt sitzen, während sie auf dem Stuhl neben ihm Platz nahm.

»Es tut mir leid«, sagte Allie. »Damit habe ich nicht gerechnet.«

Noah schüttelte den Kopf.

»Es braucht dir nicht leid tun. Wir wußten beide, daß es irgendwann einmal dazu kommen mußte.«

»Trotzdem ist es schwer.«

»Ich weiß.« Jetzt erst wandte er sich ihr zu und nahm ihre Hand. »Kann ich etwas tun, um es dir zu erleichtern?«

Sie schüttelte den Kopf.

»Nein, Noah. Das muß ich mit mir allein ausmachen. Wenn ich nur wüßte, was ich ihm sagen soll.« Sie schaute zu Boden, und ihre Stimme wurde leiser, als spräche sie mit sich selbst. »Ich denke, es hängt von ihm ab und davon, wieviel er weiß. Er hat vielleicht einen Verdacht, doch er weiß nichts Genaues.«

Noah spürte, wie sich ihm die Kehle zusammenschnürte. Als er schließlich zu reden begann, war seine Stimme fest, doch Allie konnte den Schmerz darin hören.

»Du wirst ihm nicht von uns erzählen, oder?«

»Ich weiß nicht. Ich weiß es wirklich nicht. Als ich eben allein im Wohnzimmer saß, habe ich mich immer wieder gefragt, was ich wirklich will im Leben.« Sie drückte seine Hand. »Und weißt du, was die Antwort war? Die Antwort war, daß ich zweierlei will. Zunächst einmal will ich dich. Ich liebe dich, habe dich immer geliebt.«

Sie holte tief Luft, bevor sie fortfuhr.

»Aber ich möchte auch niemanden verletzen. Und ich weiß, wenn ich bleibe, werde ich einige Menschen verletzen. Vor allem Lon. Ich habe nicht gelogen, als ich sagte, daß ich ihn liebe. Er weckt nicht die gleichen Gefühle in mir wie du, aber mir liegt sehr viel an ihm, und es wäre nicht fair, ihm weh zu tun. Und wenn ich hier bliebe, würde ich auch meiner Familie und meinen Freunden weh tun. Es wäre ein Betrug an allen, die ich kenne … Ich weiß nicht, ob ich das übers Herz bringe.«

»Du darfst dein Leben nicht nach der Meinung anderer Menschen leben. Du mußt tun, was für dich richtig ist, auch wenn es manch einen, der dir lieb ist, verletzt.«

»Ich weiß«, sagte sie, »doch wie auch immer ich mich entscheide – ich muß später damit leben können. Für immer. Ich muß nach vorne blicken können, nicht zurück. Kannst du das verstehen?«

Er schüttelte den Kopf und versuchte, seiner Stimme einen festen Klang zu geben.

»Nein. Nicht wenn es bedeutet, daß ich dich verliere. Noch einmal ertrage ich das nicht.«

Sie senkte den Kopf, gab keine Antwort.

»Könntest du mich wirklich verlassen, ohne zurückzuschauen?« fragte er.

Sie biß sich auf die Lippen. »Ich weiß nicht.« Ihre Stimme versagte fast. »Wahrscheinlich nicht.«

»Wäre das Lon gegenüber fair?«

Sie antwortete nicht sofort, stand auf, wischte sich über die Augen, trat ans Ende der Veranda und lehnte sich an den Pfosten. Sie verschränkte die Arme vor der Brust und starrte aufs Wasser.

»Nein«, sagte sie schließlich mit ruhiger Stimme.

»Es muß nicht so sein, Allie«, sagte er. »Wir sind erwachsen, wir können unsere eigenen Entscheidungen treffen. Wir sind füreinander geschaffen. Wir waren es immer.«

Er erhob sich, ging zu ihr und legte ihr die Hand auf die Schulter. »Ich möchte nicht den Rest meines Lebens nur davon träumen, was hätte sein können. Bleib bei mir, Allie.«

Tränen verschleierten ihre Augen. »Ich weiß nicht, ob ich es kann«, flüsterte sie.

»Doch, du kannst. Allie … ich werde mein Lebtag nicht mehr glücklich sein können, wenn ich weiß, daß du bei einem anderen bist. Etwas in mir würde sterben. Was uns verbindet, ist etwas ganz Seltenes, etwas viel zu Wertvolles, um einfach weggeworfen zu werden.«

Sie gab keine Antwort. Nach einer Weile drehte er sie sanft zu sich herum, hob ihr Kinn ein wenig, zwang sie, ihn anzuschauen. Sie blickte ihn mit feuchten Augen an. Nach langem Schweigen wischte er ihr mit einer zärtlichen Geste die Tränen von den Wangen. Er verstand, was ihm ihre Augen sagen wollten.

»Du wirst also nicht bleiben?« Er lächelte matt. »Du möchtest, aber du kannst nicht.«

»Oh, Noah …«, flüsterte sie, und wieder füllten sich ihre Augen mit Tränen. »Bitte, versuch mich zu verstehen …«

»Ich weiß, was du sagen willst – es steht in deinen Augen geschrieben. Aber ich will es nicht verstehen, Allie. Ich will nicht, daß unsere Geschichte so endet. Ich will überhaupt nicht, daß sie endet. Aber wenn du jetzt gehst, dann ist es ein Abschied für immer, das wissen wir beide.«

Heftig schluchzend legte sie die Stirn auf seine Schulter. Noah schlang die Arme um sie und mußte gegen seine eigenen Tränen ankämpfen.

»Allie, wenn du wirklich gehen willst, dann geh. Ich liebe dich zu sehr, um dich zurückzuhalten. Doch egal, was das Leben noch bringt – ich werde diese letzten Tage mit dir niemals vergessen. Jahrelang habe ich davon geträumt.«

Er küßte sie zärtlich, und sie umarmten sich wie vor drei Tagen bei ihrer ersten Begrüßung. Schließlich löste sich Allie aus seinen Armen und wischte sich die Tränen fort.

»Ich muß meine Sachen holen, Noah.«

Er ging nicht mit, sondern ließ sich niedergeschlagen in seinen Schaukelstuhl sinken. Er sah sie ins Haus verschwinden, hörte ihre Schritte. Minuten später kam sie mit ihrer Handtasche zurück und trat mit gesenktem Kopf zu ihm.

»Hier, Noah, das habe ich für dich gemacht.«

Noah nahm die Zeichnung, rollte sie vorsichtig auf, um sie nicht zu zerreißen.

Es waren im Grunde zwei Zeichnungen. Die im Vordergrund nahm den größeren Teil des Blattes ein und stellte ihn, Noah, dar, wie er heute aussah, nicht vor vierzehn Jahren. Kein Detail fehlte, nicht einmal die Narbe an seinem Kinn, als hätte sie sein Gesicht von einer neueren Fotografie abkopiert.

Im Hintergrund war das Haus deutlich zu erkennen, als hätte sie, unter der Eiche sitzend, eine Skizze davon angefertigt.

»Es ist wunderschön, Allie. Danke.« Er zwang sich zu einem Lächeln. »Ich sagte doch, daß du eine Künstlerin bist.« Sie nickte mit fest zusammengepreßten Lippen. Es wurde Zeit zu gehen.

Langsam und ohne ein Wort gingen sie zu ihrem Wagen. Dort nahm er sie wieder in die Arme, bis er spürte, daß auch ihm die Tränen in die Augen stiegen. Er küßte ihre Lippen, ihre Wangen und wischte dann zart mit dem Finger über die feuchten Stellen.

»Ich liebe dich, Allie.«

»Ich liebe dich auch.«

Noah öffnete ihr die Wagentür, und sie küßten sich noch einmal. Dann setzte sie sich hinters Steuer, ohne den Blick von ihm zu wenden. Sie legte das Päckchen mit den Briefen und das Notizbuch auf den Beifahrersitz und suchte nach den Autoschlüsseln. Der Motor sprang sofort an und heulte ungeduldig auf. Es war nun Zeit.

Noah schlug die Tür mit beiden Händen zu, und Allie kurbelte das Fenster herunter. Sie sah seine Armmuskeln, sein sonnengebräuntes Gesicht, sein gequältes Lächeln. Sie streckte ihre Hand heraus, und Noah hielt sie einen Augenblick, strich sanft mit den Fingern über ihre Haut.

Er formte die Lippen zu einem stummen »Bleib bei mir«, und das schmerzte Allie mehr als jedes gesprochene Wort. Die Tränen stürzten ihr jetzt aus den Augen, und sie wandte sich rasch ab und zog ihre Hand zurück. Sie legte den Gang ein, gab leicht Gas. Wenn sie jetzt nicht fuhr, würde sie es nie tun. Als sich der Wagen in Bewegung setzte, trat Noah einen Schritt zurück.

Wie in Trance nahm er wahr, was sich vor seinen Augen abspielte. Er sah den Wagen im Schrittempo vorwärts rollen; er hörte den Kies unter den Rädern knirschen. Langsam bewegte sich der Wagen zur Straße hin, die sie zurück in die Stadt führen würde. Fort! Sie fuhr fort! Für immer! Noahs Herz krampfte sich zusammen.

Sie winkte ein letztes Mal, ohne zu lächeln, und er winkte matt zurück. »Bleib!« wollte er schreien, aber sie war schon in die Straße eingebogen. Eine Minute später war der Wagen verschwunden, und das einzige, was von ihr blieb, waren die Spuren, die ihre Reifen zurückgelassen hatten.

Lange noch stand er regungslos da. So plötzlich, wie sie gekommen war, war sie auch wieder fort. Für immer diesmal. Für immer.

Er schloß die Augen, sah Allie noch einmal davonfahren – langsam erst, dann immer schneller –, es zerriß ihm das Herz.

Und sie hatte, wie ihre Mutter, nicht einmal zurückgeschaut.

Ein Brief von gestern

Noch immer verschleierten Tränen ihren Blick, aber sie fuhr unbeirrt weiter, in der Hoffnung, daß ihr Instinkt sie sicher zum Hotel zurückführen würde. Sie ließ das Fenster geöffnet, glaubte, die kühle Luft würde ihr helfen, wieder einen klaren Kopf zu bekommen, doch es schien nicht zu helfen. Nichts würde helfen.

Sie war unendlich müde und fragte sich, ob sie die Kraft haben würde, mit Lon zu sprechen. Was sollte sie sagen? Sie wußte es immer noch nicht, hoffte aber, daß ihr dann schon etwas einfallen würde.

Es mußte ihr etwas einfallen.

Als sie die Zugbrücke erreichte, die zur Front Street führte, hatte sie ihre Fassung wiedererlangt. Noch nicht gänzlich, aber genug, um Lon gegenüberzutreten. Wenigstens hoffte sie das.

Es war nur wenig Verkehr auf den Straßen, und sie hatte Zeit, die Menschen zu beobachten, die ihren täglichen Beschäftigungen nachgingen. An einer Tankstelle schaute ein Automechaniker unter die Motorhaube eines nagelneuen Wagens, während ein Mann, vermutlich der Besitzer, danebenstand und zusah. Zwei Frauen mit Kinderwagen machten, angeregt plaudernd, einen Schaufensterbummel durch die Hoffman Lane. Ein elegant gekleideter Herr mit Aktentasche eilte am Juweliergeschäft »Hearns Jewelers« vorbei.

Ein wenig später sah sie, wie ein junger Mann einen Lastwagen entlud, der die Straße zur Hälfte blockierte.

Seine Art, sich zu bewegen, erinnerte sie an Noah, wie er die Krebsfallen aus dem Wasser zog.

Sie hielt vor einer roten Ampel und sah in der Ferne das Hotel. Als die Ampel auf Grün wechselte, holte sie tief Luft und fuhr langsam die Straße hinunter. Beim Einbiegen in den Hotelparkplatz sah sie als erstes Lons Wagen. Obwohl der Platz daneben frei war, suchte sie sich einen anderen, möglichst weit von der Einfahrt entfernt.

Sie drehte den Schlüssel, und der Motor verstummte. Dann suchte sie im Handschuhfach nach einem Spiegel und einer Bürste und fand beides auf einer Straßenkarte von North Carolina. Sie schaute in den Spiegel und sah, daß ihre Augen noch immer gerötet, ihre Lider geschwollen waren. Wie vorgestern nach dem Regen bedauerte sie, ihre Schminksachen nicht dabeizuhaben, auch wenn es ihr jetzt sicher wenig genützt hätte. Sie versuchte, ihr Haar zurückzubürsten, erst eine Seite, dann die andere und gab schließlich resigniert auf.

Sie griff nach ihrem Notizbuch, öffnete es und überflog noch einmal den Artikel, der sie hergelockt hatte. Was war seither nicht alles geschehen! Kaum zu glauben, daß es erst drei Wochen her war. Und noch unglaublicher war es für sie, daß sie erst drei Tage hier war. Ihr Wiedersehen mit Noah schien eine Ewigkeit zurückzuliegen.

Stare zwitscherten in den Bäumen ringsumher. Die Wolkendecke begann aufzureißen, und erste Flecken von Blau zeigten sich am Himmel. Die Sonne hatte sich zwar noch nicht ganz durchgekämpft, doch man konnte sie schon ahnen. Es würde ein herrlicher Tag werden.

Es war die Art von Tag, den sie gern mit Noah verbracht hätte, und während sie an ihn dachte, fielen ihr die Briefe ein, die ihre Mutter ihr gegeben hatte.

Sie löste das Band und betrachtete den Umschlag des ersten Briefes, den er ihr geschrieben hatte. Als sie ihn öffnen wollte, besann sie sich eines anderen, da sie sich vorstellen konnte, was drin stand. Sicher irgend etwas eher Belangloses – über Dinge, die er inzwischen getan hatte, Erinnerungen an den Sommer, vielleicht ein paar Fragen, auf die er eine Antwort erwartete. Statt dessen nahm sie den letzten Brief, den untersten des Stapels. Den Abschiedsbrief. Der interessierte sie weit mehr als alle anderen.

Der Brief war dünn. Ein Briefbogen, vielleicht zwei. Was immer er geschrieben hatte, es war nur wenig. Erst betrachtete sie die Rückseite des Umschlags, kein Name, nur eine Adresse in New Jersey. Sie hielt den Atem an, als sie ihn mit dem Fingernagel aufriß.

Als erstes las sie das Datum: März 1935.

Zweieinhalb Jahre ohne Antwort.

Sie stellte sich Noah an seinem alten Schreibtisch vor, über die richtigen Worte grübelnd, mit der Gewißheit, daß dies der letzte Brief sein würde. Und sie glaubte, Spuren von Tränen auf dem Papier zu erkennen. Doch das war wohl nur Einbildung.

Im Sonnenlicht, das jetzt durch ihr Wagenfenster schien, glättete sie den Bogen und begann zu lesen.

Liebste Allie,

ich weiß nicht, was ich Dir noch sagen soll, nur, daß ich die letzte Nacht nicht schlafen konnte, weil mir klar wurde, daß es endgültig aus ist zwischen uns. Es ist ein seltsames Gefühl für mich, mit dem ich niemals gerech-

net habe, aber rückblickend wird mir klar, daß es wohl so enden mußte.

Du und ich, wir waren zu verschieden. Wir stammten aus zwei verschiedenen Welten, und doch bist Du es gewesen, die mich den Wert der Liebe gelehrt hat. Du hast mir gezeigt, was es bedeutet, einen anderen zu schätzen und zu achten, und ich bin dadurch ein anderer, ein besserer Mensch geworden. Ich möchte, daß Du das niemals vergißt.

Ich bin nicht verbittert über das, was geschehen ist. Im Gegenteil. Es ist ein tröstliches Gefühl zu wissen, daß unsere gemeinsame Zeit kein Traum war, sondern Wirklichkeit. Ich bin glücklich, daß uns das Schicksal zusammengeführt hat, auch wenn es nur für so kurze Zeit war. Und sollten wir uns je an einem fernen Ort wiedersehen, werde ich Dir freundlich zulächeln und mich an unseren Sommer erinnern, den Sommer, den wir unter Bäumen verbrachten, um voneinander zu lernen und an unserer Liebe zu wachsen. Und vielleicht wirst Du für einen kurzen Augenblick auch so empfinden, wirst zurücklächeln und dich an die Zeit erinnern, die uns für immer verbindet.

Ich liebe Dich, Allie,

Noah

Sie las den Brief noch einmal, langsamer diesmal, und noch ein drittes Mal, ehe sie ihn zurück in den Umschlag steckte. Wieder stellte sie sich Noah an seinem Schreibtisch vor, und einen Augenblick lang war sie versucht, auch die anderen Briefe zu lesen. Doch sie durfte Lon nicht länger warten lassen.

Als sie aus dem Wagen stieg, zitterten ihr die Knie. Sie hielt inne, atmete tief durch, und während sie den Parkplatz überquerte, kam ihr zu Bewußtsein, daß sie immer noch nicht wußte, was sie ihm sagen würde.

Erst als sie die Tür öffnete und Lon in der Eingangshalle stehen sah, wurde ihr klar, was sie sagen mußte.

Winter für zwei

Hier endet die Geschichte, und so schließe ich mein Tagebuch, nehme meine Brille ab und reibe mir die Augen. Sie sind müde und gerötet, haben mich bis jetzt aber dennoch nicht im Stich gelassen. Doch das werden sie bald, ich weiß es. Weder sie noch ich können ewig so weitermachen. Jetzt, nachdem ich zu Ende gelesen habe, schaue ich sie an, sie aber blickt nicht zurück. Statt dessen starrt sie aus dem Fenster in den Hof, wo sich Freunde und Verwandte treffen.

Meine Augen folgen den ihren, und wir schauen gemeinsam zu. In all diesen Jahren hat sich der Tagesablauf nicht geändert. Jeden Morgen, eine Stunde nach dem Frühstück, treffen die ersten ein. Junge Leute, allein oder mit ihrer Familie, besuchen diejenigen, die hier leben. Sie bringen Fotos und Geschenke mit und sitzen entweder auf den Bänken oder spazieren über die von Bäumen gesäumten Wege, die einen Eindruck von Natur geben sollen. Einige bleiben den ganzen Tag, die meisten indes gehen nach ein paar Stunden, und dann fühle ich Mitleid mit denen, die zurückbleiben. Manchmal frage ich mich, was meine Freunde empfinden, wenn ihre Lieben davonfahren, aber ich weiß, daß mich das nichts angeht. Und stelle keine Fragen, weil ich weiß, daß wir alle das Recht auf unsere Geheimnisse haben.

Aber bald will ich Ihnen einige der meinen erzählen.

* * *

Ich lege das Tagebuch und die Lupe auf den Tisch neben mir, spüre, daß mir die Knochen weh tun, und merke wieder, wie kalt mein Körper ist. Selbst das Lesen in der Morgensonne hilft da nicht. Dennoch wundert mich das inzwischen nicht mehr, mein Körper folgt jetzt seinen eigenen Gesetzen.

Aber ich bin nicht eigentlich unglücklich. Die Menschen, die hier arbeiten, kennen mich und meine Fehler und tun, was sie können, um es mir behaglicher zu machen. Sie haben mir heißen Tee auf den Tisch gestellt, und ich greife mit beiden Händen nach der Kanne. Es strengt mich an, den Tee in die Tasse zu gießen, aber ich tue es, weil mich der Tee wärmt und weil ich denke, daß mich die Anstrengung vor dem völligen Einrosten bewahrt. Aber eingerostet bin ich längst, daran besteht kein Zweifel. Verrostet wie ein Schrottauto nach zwanzig Jahren im Regen.

Ich habe ihr heute morgen vorgelesen, wie ich es jeden Morgen tue, weil ich es tun muß. Nicht aus Pflicht, sondern aus einem anderen, romantischeren Grund. Ich wünschte, ich könnte das jetzt erklären, aber es ist noch früh, und vor dem Mittagessen läßt sich nicht gut über Romantik reden, jedenfalls gilt das für mich. Außerdem weiß ich nicht, wie es ausgehen wird, und ich möchte, wenn ich ehrlich bin, meine Hoffnungen nicht zu hoch schrauben.

Wir verbringen jetzt jeden Tag miteinander, nicht aber unsere Nächte. Die Ärzte sagen mir, daß ich sie nach Einbruch der Dunkelheit nicht mehr sehen darf. Ich verstehe die Gründe zwar, aber obwohl ich sie billige, halte ich mich nicht immer daran. Spät abends, wenn mir danach zumute ist, schleiche ich mich aus meinem Zimmer hinein in ihres und beobachte sie, während sie schläft. Sie weiß nichts davon. Ich stehe da, sehe, wie sie atmet, und bin mir sicher, daß ich nie geheiratet hätte, wenn es sie nicht gegeben hätte. Und wenn ich ihr Gesicht betrachte, ein Gesicht, das ich besser kenne als mein eigenes, weiß ich, daß ich ihr mindestens ebensoviel bedeutet habe. Und das wiederum bedeutet mir mehr, als ich zu erklären vermag.

Manchmal, wenn ich dort stehe, denke ich, wie glücklich ich bin, fast neunundvierzig Jahre mit ihr verheiratet gewesen zu sein. Nächsten Monat ist unser Hochzeitstag. Fünfundvierzig Jahre lang hörte sie mein Schnarchen, danach haben wir getrennt geschlafen. Ich schlafe nicht gut ohne sie. Ich wälze mich im Bett und sehne mich nach ihrer Wärme, liege den größten Teil der Nacht mit geöffneten Augen da und sehe die Schatten an der Decke tanzen wie Steppenläufer, die über die Wüste fegen. Wenn ich Glück habe, schlafe ich zwei Stunden, doch ich bin wach, bevor der Tag dämmert. Das ergibt für mich keinen Sinn.

Bald wird alles vorbei sein. Ich weiß es. Sie nicht. Die Eintragungen in mein Tagebuch sind kürzer geworden und nehmen weniger Zeit in Anspruch. Ich formuliere knapp und einfach, denn meine Tage sind jetzt nahezu gleichförmig. Aber heute abend will ich ein Gedicht abschreiben, das eine der Schwestern für mich herausgesucht hat, weil sie glaubt, es wird mir Freude machen. Es lautet:

Noch niemals zuvor traf mich so plötzlich
Der süßen Liebe Strahl und Wort –
Ihr Antlitz glich der Blume, so lieblich,
Und trug mein Herz ganz mit sich fort.

Da wir über unsere Abende frei verfügen können, hat man mich gebeten, die anderen aufzusuchen. Gewöhnlich tue ich das, denn ich bin der Vorleser und werde gebraucht – jedenfalls sagen sie das. Ich laufe durch die Flure und lasse mich treiben, wen ich besuche, weil ich zu alt bin, um mich einem Zeitplan zu unterwerfen, aber tief im Innern weiß ich stets, wer mich braucht.

Sie sind meine Freunde, und wenn ich ihre Tür öffne, blicke ich in Zimmer, die genauso aussehen wie das meine – immer halbdunkel, nur vom »Glücksrad« im Fernsehen erleuchtet. Auch die Möbel sind überall gleich, und der Fernseher plärrt überlaut, weil niemand mehr gut hören kann.

Egal ob Männer oder Frauen, sie lächeln mir zu, wenn ich eintrete, und wenn sie ihren Fernseher ausschalten, flüstern sie nur noch: »Wie schön, daß Sie gekommen sind.« Und dann erkundigen sie sich nach meiner Frau. Manchmal erzähle ich ihnen von ihr. Zum Beispiel von ihrer Liebenswürdigkeit und ihrem Charme und wie sie mich gelehrt hat, die Welt von ihrer besten Seite zu betrachten. Oder ich erzähle ihnen von den frühen Jahren unseres Zusammenlebens und erkläre, daß wir wunschlos glücklich waren, wenn wir uns in sternenklaren Nächten umarmten. Bei besonderen Anlässen erzähle ich auch leise von unseren gemeinsamen Abenteuern, von Kunstausstellungen in New York und Paris oder von schwärmerischen Kritiken in Sprachen, die ich nicht verstehe. Meist jedoch lächle ich nur und sage, daß sie dieselbe geblieben ist, und dann wenden sie sich von mir ab, weil sie nicht wollen, daß ich ihre Gesichter sehe. Das erinnert sie an ihre eigene Sterblichkeit. So sitze ich bei ihnen und lese ihnen vor, um ihre Ängste zu lindern.

Sei ruhig – sei, wie du bist mit mir –
Nicht ehe die Sonne dich verstößt, verstoße ich dich,
Nicht ehe die Wasser sich weigern, zu glänzen für dich
Und die Blätter rauschen für dich, weigern sich meine Worte, zu glänzen und zu rauschen für dich.

Und ich lese, damit sie erkennen, wer ich bin.

Ich wandre jede Nacht im Geist,
Mich beugend mit offenen Augen über geschlossene Augen von Schläfern,
Wandernd und irrend, mir selber verloren, verworren, widerspruchsvoll,
Innehaltend, spähend, mich niederbeugend und weilend.

Wenn sie könnte, würde mich meine Frau auf meinen Abendgängen begleiten, denn die Poesie war eine ihrer vielen Lieben. Thomas, Whitman, Eliot, Shakespeare und König David, Verfasser der Psalmen. Wortjongleure. Sprachschöpfer. Rückblickend wundere ich mich über meine Leidenschaft für die Poesie, und manchmal bedauere ich sie heute sogar. Die Poesie bringt große Schönheit ins Leben, aber auch große Traurigkeit, und ich weiß nicht sicher, ob sie für jemanden meines Alters ein angemessener Ausgleich ist. Ein Mensch sollte, wenn er kann, andere Dinge genießen, sollte seine letzten Tage in der Sonne und nicht wie ich unter einer Leselampe verbringen.

* * *

Ich schlurfe zu ihr und setze mich in den Sessel neben ihrem Bett. Mein Rücken tut mir beim Sitzen weh. Ich denke zum hundertsten Mal daran, daß ich mir ein neues Sitzkissen besorgen muß. Ich ergreife ihre knochige, zerbrechliche Hand. Sie fühlt sich angenehm an. Sie reagiert mit einem Zucken, und langsam beginnt ihr Daumen über meine Finger zu streichen. Bevor sie das nicht tut, sage ich kein Wort, das habe ich gelernt. An den meisten Tagen sitze ich schweigend da, bis die Sonne versinkt, und an solchen Tagen erfahre ich nichts über sie.

Minuten vergehen, bis sie sich schließlich zu mir wendet. Sie weint. Ich lächle, lasse ihre Hand los und greife in meine Tasche. Ich ziehe mein Taschentuch hervor und wische ihre Tränen ab. Sie schaut mich dabei an, und ich frage mich, was sie wohl denkt.

»Das war eine schöne Geschichte.«

Leichter Regen beginnt zu fallen. Kleine Tropfen pochen sanft ans Fenster. Ich ergreife wieder ihre Hand. Das wird ein guter Tag werden, ein sehr guter, ein wunderbarer Tag. Ich lächle, muß einfach lächeln.

»Ja, das stimmt«, sage ich.

»Hast du das geschrieben?« fragt sie. Ihre Stimme ist wie ein Flüstern, wie ein leichter Wind, der durch die Blätter weht.

»Ja«, antworte ich.

Sie wendet sich zum Nachttisch. Dort stehen ihre Medikamente in einem kleinen Pappbecher. Meine ebenso. Kleine Pillen in Regenbogenfarben, damit wir nicht vergessen, sie einzunehmen. Sie bringen meine jetzt hierher, in ihr Zimmer, obwohl das eigentlich nicht erlaubt ist.

»Ich habe es schon einmal gehört, nicht wahr?«

»Ja«, sage ich wieder, wie jedesmal an solchen Tagen. Ich habe gelernt, geduldig zu sein.

Eindringlich betrachtet sie mein Gesicht. Ihre Augen sind grün wie Meereswellen.

»Es nimmt mir meine Angst.«

»Ich weiß.« Ich nicke langsam mit dem Kopf.

Sie wendet sich ab, und ich warte wieder. Sie läßt meine Hand los und greift nach dem Wasserglas, das auf ihrem Nachttisch steht. Sie trinkt einen Schluck.

»Ist es eine wahre Geschichte?« Sie richtet sich ein wenig auf und nimmt noch einen Schluck. Ihr Körper ist noch kräftig. »Ich meine, hast du diese Leute gekannt?«

»Ja«, sage ich wieder. Ich könnte mehr sagen, tue es aber meist nicht. Sie ist immer noch schön. Sie stellt die naheliegende Frage:

»Und welchen von beiden hat sie schließlich geheiratet?«

»Den, der der Richtige für sie war«, antworte ich.

»Und welcher war es?«

Ich lächle.

»Das wirst du erfahren«, sage ich ruhig. »Noch heute.«

Sie weiß nicht, was sie davon halten soll, fragt aber nicht weiter. Statt dessen wird sie nervös. Sie möchte es über eine andere Frage herausbekommen, ohne zu wissen, wie sie es anstellen soll. Dann beschließt sie, die Sache aufzuschieben, und greift nach einem der kleinen Pappbecher.

»Ist das meiner?«

»Nein, dieser hier«, sage ich und schiebe den anderen zu ihr hinüber. Ich kann ihn mit meinen Fingern nicht greifen. Sie nimmt ihn und betrachtet die Pillen. An ihrem Blick erkenne ich, daß sie keine Ahnung hat, wofür sie gut sein sollen. Mit beiden Händen ergreife ich meinen Becher und schütte die Pillen in meinen Mund. Sie macht es ebenso. Keine Kämpfe heute. Das macht es leichter. Ich hebe mein Glas, wie um einen Toast auszusprechen, und spüle den bitteren Geschmack mit meinem Tee herunter. Sie folgt meinem Beispiel.

Vor dem Fenster beginnt ein Vogel zu singen, und wir wenden uns beide um. Eine Weile sitzen wir still da und genießen gemeinsam etwas Schönes. Dann fliegt er davon, und sie seufzt.

»Ich möchte dich noch etwas anderes fragen«, sagt sie.

»Was immer es ist, ich versuche, eine Antwort darauf zu geben.«

»Es ist aber schwer.«

Sie schaut mich nicht an, und ich kann ihre Augen nicht sehen. Das ist ihre Art, ihre Gedanken vor mir zu verbergen. Manche Dinge ändern sich nie.

»Nimm dir Zeit«, sage ich. Ich weiß, was sie fragen wird.

Schließlich wendet sie sich mir zu und schaut mir in die Augen. Sie schenkt mir ein sanftes Lächeln, ein Lächeln wie für ein Kind, nicht für einen Liebenden.

»Ich möchte deine Gefühle nicht verletzen, weil du so nett zu mir gewesen bist, aber …«

Ich warte. Ihre Worte werden mir weh tun. Sie werden ein Stück aus meinem Herzen reißen und eine Wunde hinterlassen.

»Wer bist du?«

* * *

Wir leben jetzt schon seit drei Jahren hier im Creekside-Pflegeheim. Es war ihr Entschluß, hierherzukommen, einerseits weil es nahe bei unserem Haus liegt, aber auch weil sie dachte, daß es für mich leichter wäre. Wir haben unser Haus mit Brettern vernagelt, weil keiner von uns den Gedanken ertragen hätte, es zu verkaufen, haben ein paar Papiere unterzeichnet und so die Freiheit, für die wir ein Leben lang gearbeitet haben, eingetauscht gegen einen Platz zum Leben und zum Sterben.

Sie hatte natürlich recht mit ihrer Entscheidung. Ich hätte es niemals allein schaffen können, denn Krankheit hat uns beide heimgesucht. Wir befinden uns in den letzten Minuten des Tages, der unser Leben ist, und die Uhr tickt. Laut. Ich frage mich, ob ich der einzige bin, der sie vernimmt.

Ein pochender Schmerz durchzuckt meine Finger und erinnert mich daran, daß wir uns, seitdem wir hier sind, nie mehr, mit ineinander verschlungenen Fingern, die Hand gehalten haben. Ich bin traurig darüber, aber es ist meine Schuld, nicht ihre. Es ist die Arthritis, Arthritis in ihrer schlimmsten Form, rheumaartig und weit fortgeschritten. Meine Hände sind verunstaltet und pochen fast unaufhörlich, solange ich wach bin. Ich betrachte sie und wünsche sie weg, amputiert, dann aber könnte ich die kleinen notwendigen Dinge des Alltags nicht mehr verrichten. So benutze ich denn meine Klauen, wie ich sie häufig nenne, und jeden Tag ergreife ich trotz des Schmerzes ihre Hände und bemühe mich, sie zu halten, weil sie es so will.

Auch wenn die Bibel sagt, daß der Mensch hundertzwanzig Jahre alt werden kann, möchte ich das nicht, und ich glaube nicht, daß mein Körper es durchhalten würde, selbst wenn ich es wollte. Er zerfällt, stirbt ab – stetige Erosion im Innern und an den Gelenken. Meine Hände sind nutzlos, meine Nieren beginnen zu versagen, und mein Herz wird immer schwächer. Und, was noch schlimmer ist, ich habe wieder Krebs, dieses Mal an der Prostata. Dies ist mein dritter Kampf mit dem unsichtbaren Feind, und er wird mich am Ende besiegen, allerdings nicht, bevor ich gesagt habe, daß es an der Zeit ist. Die Ärzte sind besorgt meinetwegen, ich aber bin es nicht. Dazu habe ich am Abend meines Lebens keine Zeit.

Von unseren fünf Kindern leben noch vier, und obwohl es schwierig für sie ist, besuchen sie uns oft. Dafür bin ich sehr dankbar. Doch auch wenn sie nicht da sind, sehe ich sie jeden Tag leibhaftig vor mir, jeden von ihnen, und das erinnert mich an das Glück und den Schmerz, die mit dem Aufziehen einer Familie einhergehen. Zahlreiche Fotos von ihnen schmücken meine Zimmerwände. Meine Kinder sind mein Erbe, mein Beitrag zur Welt. Ich bin sehr stolz. Manchmal frage ich mich, was meine Frau von ihnen denkt, während sie träumt. Ob sie überhaupt an sie denkt oder überhaupt träumt? So vieles an ihr verstehe ich heute nicht mehr.

Ich frage mich, was mein Vater von meinem Leben hielte und was er an meiner Stelle tun würde. Seit fünfzig Jahren habe ich ihn nicht mehr gesehen, und er ist nur noch ein Schatten in meiner Erinnerung. Ich sehe ihn nicht mehr deutlich vor mir; sein Gesicht liegt im Dunkeln, als würde es von hinten angestrahlt. Ich weiß nicht, was der Grund dafür ist – Gedächtnisschwund vielleicht oder lediglich das Verrinnen der Zeit. Ich besitze nur ein Foto von ihm, und auch das ist verblaßt. In zehn Jahren wird es, wie auch ich, verschwunden sein, und die Erinnerung an ihn ist dann ausgelöscht wie eine Botschaft im Sand. Wären da nicht meine Tagebücher, ich würde schwören, ich hätte nur halb so lang gelebt. Lange Abschnitte meines Lebens scheinen ausgelöscht zu sein. Und selbst jetzt, während ich diese Passagen lese, frage ich mich, wer ich damals war, als ich sie niederschrieb, denn ich kann mich an die Ereignisse meines Lebens nicht erinnern. Manchmal sitze ich da und frage mich, wo all die Zeit geblieben ist.

* * *

»Mein Name«, sage ich, »ist Duke«. Ich bin immer ein Fan von John Wayne gewesen.

»Duke«, flüstert sie vor sich hin. »Duke.« Eine Weile denkt sie angestrengt nach, die Stirn in Falten, der Blick ernst.

»Ja«, sage ich. »Ich bin nur für dich hier.« Und werde es immer sein, denke ich bei mir.

Sie errötet bei meinen Worten. Ihre Augen werden feucht, und Tränen rollen über ihre Wangen. Mein Herz krampft sich zusammen, und ich wünsche zum tausendsten Mal, daß ich etwas für sie tun könnte.

»Entschuldige«, sagt sie. »Ich verstehe nichts von dem, was jetzt mit mir passiert. Selbst dich verstehe ich nicht. Wenn ich dir zuhöre, ist mir, als müßte ich dich kennen, aber ich kenne dich nicht. Ich kenne nicht einmal meinen Namen.«

Sie wischt sich die Tränen weg und sagt: »Hilf mir, Duke, hilf mir, mich zu erinnern, wer ich bin. Oder wenigstens wer ich war. Ich fühle mich so verloren.«

Meine Antwort kommt aus dem Herzen, doch ihren wirklichen Namen nenne ich nicht. Auch nicht den meinen. Das hat seine Gründe.

»Du bist Hannah, die Lebensfreude, die Stütze all derer, die dir in Freundschaft zugetan sind. Du bist ein Traum, eine Schöpferin von Glück, eine Künstlerin, die die Seelen von Tausenden angerührt hat. Du hast ein erfülltes Leben geführt, nichts fehlte dir, denn deine Bedürfnisse sind geistiger Art, und du brauchst nur in dich selbst hineinzublicken. Du bist gut und vertrauenswürdig und erkennst Schönheit, wo andere sie nicht sehen. Du bist eine Lehrerin wunderbarer Dinge und Träumerin einer besseren Welt.«

Ich halte einen Augenblick inne, um wieder zu Atem zu kommen. Dann sage ich: »Hannah, du brauchst dich nicht verloren fühlen, denn:

Nichts ist für immer verloren, nichts verschwindet gänzlich,
Keine Geburt, Identität oder Form – kein Teil aus dieser Welt,
Weder Leben noch Kraft, auch kein sichtbares Ding;
Der Körper lahm, gealtert, kalt – die Glut, die blieb von früheren Feuern,
flammt, wie es sein soll, wieder auf.

Sie denkt eine Weile über meine Worte nach. Während sie schweigt, schaue ich zum Fenster hinüber und bemerke, daß der Regen aufgehört hat. Sonnenlicht fällt ins Zimmer. Sie fragt:

»Hast du das geschrieben?«

»Nein, das war Walt Whitman.«

»Wer?«

»Ein Wortjongleur. Ein Sprachschöpfer.«

Sie antwortet nicht sogleich, sondern schaut mich lange an, so lange, bis unser Atem im gleichen Rhythmus geht. Ein. Aus. Ein. Aus. Tiefe Atemzüge. Ich frage mich, ob sie wohl weiß, daß ich sie schön finde.

»Möchtest du eine Weile bei mir bleiben?« fragt sie dann.

Ich lächle zustimmend. Sie lächelt zurück. Sie ergreift meine Hand, zieht sie sanft an ihre Taille. Sie betrachtet die Knoten an meinen mißgestalteten Fingern und streichelt sie sanft. Ihre Hände sind noch immer die eines Engels.

»Komm«, sage ich und erhebe mich mit Mühe. »Wir wollen einen Spaziergang machen. Die Luft ist frisch, und die kleinen Gänschen warten. Es ist ein herrlicher Tag heute.« Bei diesen letzten Worten sehe ich sie durchdringend an.

Sie errötet. Und so fühle ich mich wieder jung.

* * *

Natürlich war sie berühmt. Eine der besten lebenden Malerinnen der Südstaaten, sagten einige, und ich war stolz auf sie, bin es noch heute. Ganz anders als ich, der ich nur mit großer Mühe die simpelsten Gedichte fertigbrachte, konnte meine Frau mit der gleichen Leichtigkeit, mit der der Herr die Welt erschuf, Schönheit erschaffen. Ihre Bilder hängen in den bekanntesten Museen, nur zwei habe ich selbst behalten. Das erste, das sie mir schenkte, und das letzte. Sie hängen in meinem Zimmer, und spät abends sitze ich da, betrachte sie, und manchmal weine ich dabei. Warum, weiß ich nicht.

Und so vergingen die Jahre. Wir lebten unser Leben,

arbeiteten, malten, zogen Kinder groß, liebten einander. Ich sehe Fotos von Weihnachtsfesten, Familienausflügen, Schulabschlüssen und Hochzeiten. Ich sehe Enkelkinder und glückliche Gesichter. Ich sehe Fotos von uns mit immer grauerem Haar, immer tieferen Falten. Ein Leben, das so typisch scheint, und doch ungewöhnlich ist.

Wir konnten die Zukunft nicht voraussehen, aber wer kann das schon? Mein Leben heute ist nicht so, wie ich es erwartet hatte. Und was habe ich erwartet? Den Rückzug ins Private. Besuche bei den Enkelkindern, mehr Reisen vielleicht. Sie ist immer gern gereist. Ich stellte mir vor, ein Hobby zu pflegen, welches wußte ich nicht, aber vielleicht Schiffe bauen. In Flaschen. Klein, präzise – völlig undenkbar, jetzt mit meinen Händen. Aber ich bin nicht verbittert.

Wir dürfen unser Leben nicht nach unseren letzten Jahren beurteilen, das weiß ich nun, und ich denke, ich hätte wissen müssen, was uns bevorstand. Im Rückblick erscheint es offenkundig, aber am Anfang sah ich ihre Verwirrtheit als verständlich und nicht ungewöhnlich an. Sie vergaß, wohin sie ihre Schlüssel gelegt hatte, aber wem passiert das nicht? Sie vergaß den Namen eines Nachbarn, mit dem wir wenig Kontakt hatten. Manchmal schrieb sie die falsche Jahreszahl auf, wenn sie einen Scheck ausfüllte, doch auch das war für mich etwas, das sich mit gelegentlicher Zerstreutheit erklären ließ.

Erst als eindeutigere Dinge passierten, wurde ich stutzig. Ein Bügeleisen im Kühlschrank, Kleider in der Spülmaschine, Bücher im Herd. Und noch andere Dinge. Der Tag aber, als ich sie tränenüberströmt im Auto sitzen sah, weil sie den Heimweg nicht mehr wußte, war der erste, an dem ich wirklich Angst bekam.

Auch sie hatte Angst, denn als ich ans Autofenster klopfte, sah sie mich an und sagte: »O Gott, was ist los mit mir? Hilf mir bitte.« Mein Herz krampfte sich zusammen, doch ich wagte nicht, an das Schlimmste zu denken.

Sechs Tage später begann der Arzt mit einer Reihe von Tests. Ich verstand sie nicht, verstehe sie heute noch nicht, wohl aus Angst, sie zu begreifen. Sie verbrachte fast eine Stunde bei Dr. Barnwell und ging am nächsten Tag wieder zu ihm. Dieser Tag war der längste in meinem Leben. Ich blätterte in Zeitschriften, ohne sie zu lesen, füllte Kreuzworträtsel aus, ohne zu denken. Schließlich rief er uns gemeinsam in sein Sprechzimmer und ließ uns Platz nehmen. Sie hielt zuversichtlich meinen Arm, aber ich weiß noch genau, wie meine Hände zitterten.

»Es tut mir sehr leid, was ich Ihnen jetzt sagen muß«, begann Dr. Barnwell, »aber es handelt sich bei Ihnen höchstwahrscheinlich um ein frühes Stadium von Alzheimer …«

Mir schwanden fast die Sinne, und das einzige, was ich wahrnahm, war die helle Deckenbeleuchtung über uns. Die Worte dröhnten in meinem Kopf:

»frühes Stadium von Alzheimer …«

Meine Welt drehte sich im Kreise, und ich spürte, wie Allie meinen Arm immer fester umklammerte. Sie flüsterte, wie zu sich selbst: »O Noah …, Noah …«

Und als ihre Tränen zu fließen begannen, hörte ich wieder die Worte.

»… Alzheimer …«

Es ist eine öde Krankheit, leer und leblos wie eine Wüste. Sie ist ein Dieb, stiehlt Herz, Seele und Gedächtnis. Ich wußte nicht, was ich sagen sollte, als sie an meiner Brust schluchzte, darum hielt ich sie nur umschlungen, wiegte sie stumm hin und her.

Der Arzt war ein guter Mann, und dies war schwer für ihn. Er war jünger als mein jüngster Sohn, und ich fühlte mein Alter in seiner Gegenwart. Mein Geist war verwirrt, meine Gefühle erschüttert, und das einzige, was ich denken konnte, war:

Kein Ertrinkender hat je erkannt
Durch welchen Tropfen sein Atem schwand.

Worte eines klugen Dichters, und doch waren sie mir kein Trost. Ich wußte weder, was sie bedeuten, noch, warum sie mir eingefallen waren.

Wir wiegten uns weiter hin und her, und Allie, mein Traum, meine zeitlos Schöne, sagte, es tue ihr leid. Ich wußte, daß es nichts zu verzeihen gab, und ich flüsterte ihr ins Ohr. »Alles wird wieder gut.« Aber tief in meinem Innern hatte ich Angst. Ich war ausgehöhlt, ein Mann, der nichts zu bieten hatte, leer wie ein verrottetes Ofenrohr.

Ich erinnere mich nur an Bruchstücke von Dr. Barnwells Erklärungen.

»Es handelt sich um eine degenerative Unordnung im Gehirn, die Gedächtnis und Persönlichkeit beeinträchtigt ... Es gibt weder Heilung noch Therapie ... Man kann nicht vorhersagen, wie rasch die Krankheit fortschreitet ... Das variiert von Patient zu Patient ... Wir Ärzte wünschten, wir wüßten mehr ... An manchen Tagen ist es besser, an anderen schlechter ... Es verschlimmert sich im Laufe der Zeit ... Es tut mir leid, daß ich derjenige bin, der Ihnen das mitteilen muß ...«

Es tut mir leid ...

Es tut mir leid ...

Es tut mir leid ...

Es tat jedem leid. Meine Kinder waren erschüttert, meine Freunde bangten um ihre eigene Gesundheit. Ich kann mich weder erinnern, wie wir die Arztpraxis verlassen haben, noch wie wir heimgefahren sind. Der Rest des Tages ist aus meinem Gedächtnis ausgelöscht; in diesem Punkt sind meine Frau und ich uns gleich.

Das ist nun vier Jahre her. Wir haben seither versucht, das Beste daraus zu machen, falls das überhaupt möglich ist. Allie organisierte alles, wie sie's immer getan hat. Sie traf die Vorkehrungen, um unser Haus aufzugeben und hierherzuziehen. Sie änderte ihr Testament und versiegelte es. Sie gab Anweisungen für die Beerdigung, und all das liegt in der untersten Schublade meines Schreibtisches. Ich habe bis heute nie daran gerührt. Und als sie damit fertig war, begann sie zu schreiben. Briefe an Freunde und die Kinder. Briefe an Geschwister, Vettern und Kusinen. Briefe an Nichten, Neffen und Nachbarn. Und einen Brief an mich.

Ich lese ihn gelegentlich, wenn mir danach zumute ist, und dann sehe ich Allie vor mir, wie sie an kalten Winterabenden mit einem Glas Wein am brennenden Kamin sitzt und die Briefe liest, die wir uns im Laufe der Zeit geschrieben haben. Sie hatte sie aufbewahrt, all die Jahre, und jetzt bewahre ich sie auf, weil ich ihr das versprechen mußte. Sie sagte, ich wüßte schon, was ich damit anfangen sollte. Da hatte sie recht; es macht mir Freude, ab und zu Passagen daraus zu lesen, genauso wie sie damals. Sie faszinieren mich, diese Briefe, denn wenn ich darin blättere, wird mir klar, daß Romantik und Leidenschaft in jedem Alter möglich sind. Wenn ich Allie heute sehe, weiß ich, daß ich sie nie mehr geliebt habe als heute, aber wenn ich die Briefe lese, wird mir klar, daß ich schon immer das gleiche für sie empfunden habe.

Das letzte Mal las ich die Briefe vor drei Abenden, als ich längst hätte schlafen sollen. Es war schon fast zwei Uhr, als ich zum Schreibtisch ging und den Stapel mit Briefen herausnahm, dick und vergilbt. Ich löste das Band – auch das schon fast ein halbes Jahrhundert alt – und fand die Briefe, die ihre Mutter ihr so lange vorenthalten hatte, und die aus späteren Zeiten. Fast ein ganzes Leben in Briefen, Briefe, die meine Liebe bekunden, Briefe aus meinem tiefsten Herzen. Lächelnd blätterte ich sie durch, wählte aus und entfaltete schließlich einen Brief anläßlich unseres ersten Hochzeitstages.

Ich las einen kurzen Abschnitt:

Wenn ich Dich jetzt sehe, wie Du Dich langsam bewegst mit dem neuen Leben, das in Dir heranwächst, dann hoffe ich, daß Du weißt, was Du mir bedeutest und wie einmalig schön dieses Jahr für mich gewesen ist. Nie war ein Mann seliger als ich, und ich liebe Dich von ganzem Herzen.

Ich legte den Brief beiseite und zog einen anderen aus dem Stapel, der an einem kalten Abend vor neununddreißig Jahren geschrieben worden war.

Als ich in der Weihnachtsvorstellung in der Schule neben Dir saß, während unsere jüngste Tochter völlig falsch sang, sah ich Dich von der Seite an und gewahrte einen Stolz in Deinem Gesicht, wie ihn nur der empfindet, der tief im Herzen fühlt, und ich wußte, daß kein Mann glücklicher sein konnte als ich.

Und als unser Sohn starb, derjenige, der seiner Mutter so ähnelte. Es war die schwerste Zeit, die wir je durchzustehen hatten, und die Worte klingen noch heute wahr:

In Zeiten von Kummer und Leid will ich Dich festhalten und wiegen, Deinen Kummer von Dir nehmen und ihn zu dem meinen machen. Wenn Du weinst, weine auch ich, wenn Dich etwas schmerzt, schmerzt es auch mich. Und gemeinsam werden wir versuchen, die Fluten von Tränen und Verzweiflung einzudämmen und den beschwerlichen Lebensweg fortzusetzen.

Ich halte einen Augenblick inne und denke an ihn. Er war vier Jahre alt, fast noch ein Baby. Ich habe zwanzigmal länger gelebt als er, doch ich wäre, hätte man mich gefragt, bereit gewesen, mein Leben für das seine hinzugeben. Es ist schrecklich, sein eigenes Kind zu überleben, eine Tragödie, die ich niemandem wünsche.

Mit Mühe halte ich meine Tränen zurück, blättere, um mich abzulenken, in anderen Briefen und stoße auf einen zu unserem zwanzigsten Hochzeitstag.

Wenn ich Dich, meine Liebste, morgens vor dem Frühstück sehe oder in Deinem Atelier, mit Farbe bekleckert, das Haar wirr, die Augen müde, dann weiß ich, daß Du die schönste Frau auf der Welt bist.

Und so ging sie weiter, diese Korrespondenz vom Leben und von der Liebe, und ich las noch Dutzende von Briefen – schmerzvolle und herzerwärmende. Um drei Uhr war ich müde, aber ich war fast am Ende des Stapels angelangt. Ein Brief blieb noch übrig, der letzte, den ich ihr geschrieben habe, und mir war klar, daß ich jetzt nicht aufhören durfte.

Ich öffnete den Umschlag und zog beide Seiten heraus. Ich nahm die erste und hielt sie unter den Lichtkegel meiner Schreibtischlampe und las:

Meine liebste Allie,

Auf der Veranda ist es still, bis auf die Laute der Schatten, die vorüberhuschen, und plötzlich fehlen mir die Worte. Eine seltsame Erfahrung für mich, denn wenn ich an Dich und unser gemeinsames Leben denke, gibt es so viel zu erinnern. Ein ganzes Leben voller Erinnerungen. Aber wie es in Worte fassen? Ich weiß nicht, ob ich es kann. Ich bin kein Dichter, doch es würde eines Dichters bedürfen, um auszudrücken, was ich für Dich empfinde.

So schweifen meine Gedanken umher, und mir fällt ein, daß ich heute morgen beim Kaffeekochen über unser gemeinsames Leben nachdachte. Kate war da und Jane, und beide verstummten, als ich in die Küche trat. Ich merkte, daß sie geweint hatten, und ich setzte mich ohne ein Wort zu ihnen an den Tisch und ergriff ihre Hande. Und weißt Du, was ich sah, als ich sie anschaute? Dich sah ich, an dem Tag vor so langer Zeit, als wir uns Lebewohl sagten. Sie ähneln Dir, so wie Du damals warst, schön und empfindsam und tief getroffen von einem Schmerz, der von einem schweren Verlust herrührt. Und ohne genau zu wissen, warum, beschloß ich, ihnen eine Geschichte zu erzählen.

Ich rief auch Jeff und David in die Küche, und als alle am Tisch saßen, erzählte ich ihnen von uns beiden, und wie Du vor so langer Zeit zu mir zurückgekehrt bist. Ich erzählte von unserem Spaziergang und von unserem Krebsessen in der Küche, und sie hörten lächelnd zu, als ich von der Kanufahrt und dem Abend vor dem Kamin erzählte, als draußen das Gewitter tobte. Ich erzählte, wie Deine Mutter uns am nächsten Tag vor Lon warnte – sie schienen ebenso überrascht zu sein wie wir damals – und, ja, ich erzählte ihnen sogar, was an jenem Tag noch geschah, nachdem Du in die Stadt zurückgekehrt warst.

Dieser Teil der Geschichte hat mich nie losgelassen, selbst nach all dieser Zeit nicht. Obwohl ich nicht dabei war und Du es mir nur einmal geschildert hast, weiß ich noch, wie ich Deine Stärke bewundert habe, die Du an jenem Tag bewiesen hast. Ich weiß bis heute nicht genau, was Du empfunden hast, als Du in die Hotelhalle tratest und Lon dort auf Dich wartete, und wie schwer es Dir gefallen ist, mit ihm zu reden. Du hast mir erzählt, daß Ihr beide das Hotel verlassen und Euch auf eine Bank vor der alten Methodisten-Kirche gesetzt habt, und daß er Deine Hand gehalten hat, selbst als Du ihm erklärtest, Du müßtest bleiben.

Ich weiß, daß Du ihn geschätzt hast. Und seine Reaktion beweist, daß auch er Dich sehr schätzte. Nein, er konnte nicht begreifen, daß er Dich verlieren würde. Wie sollte er auch? Selbst als Du ihm sagtest, daß Du mich schon immer geliebt hast, ließ er Deine Hand nicht los. Ich weiß, daß er verletzt und zornig war, daß er fast eine Stunde versuchte, Dich umzustimmen. Aber als Du festbliebst und sagtest: »Es tut mir leid, aber ich kann nicht mit Dir zurückkehren«, wußte er, daß Du Deine Entscheidung getroffen hattest. Er nickte nur, und Ihr bliebt noch eine Weile wortlos nebeneinander sitzen. Ich habe mich immer gefragt, was in ihm vorging, als er neben Dir saß; wahrscheinlich das gleiche, was ich ein paar Stunden vorher durchlitten hatte. Als er Dich schließlich zu Deinem Wagen begleitete, sagte er, ich sei ein glücklicher Mann. Er benahm sich wie ein Gentleman, und ich verstand, warum Dir die Wahl so schwer gefallen war.

Als ich meine Geschichte beendet hatte, sagte keiner ein Wort, bis Kate schließlich aufstand und mir um den Hals fiel. »O Vater«, sagte sie mit Tränen in den Augen. Obwohl ich auf alle möglichen Fragen gefaßt war, wurde mir nicht eine gestellt. Statt dessen bereiteten sie mir eine ganz besondere Freude.

Während der folgenden vier Stunden versicherten sie mir alle, wieviel wir, Du und ich, ihnen in ihrer Kindheit und Jugend bedeutet haben. Einer nach dem anderen erzählte von Dingen, die ich schon lange vergessen hatte. Und am Ende weinte ich, weil ich die Früchte unserer Erziehung sah. Ich war so stolz auf unsere Kinder, so stolz auf Dich und glücklich über unser Leben. Und nichts kann mir das nehmen. Nichts. Ich wünschte nur, Du wärest dabei gewesen.

Als die Kinder gegangen waren, saß ich versonnen in meinem Schaukelstuhl und dachte an unser gemeinsames Leben. Du bist hier immer bei mir, jedenfalls in meinem Herzen, und ich kann mich an keine Zeit erinnern, in der Du nicht ein Teil von mir warst. Ich weiß nicht, was aus mir geworden wäre, wenn Du an jenem Tag nicht zu mir zurückgekehrt wärest, aber ich bin sicher, daß ich mein Lebtag nicht glücklich geworden wäre.

Ich liebe Dich, Allie. Nur durch Dich bin ich der geworden, der ich bin. Du bist alles für mich, jeder

Traum, jede Hoffnung, und was immer auch die Zukunft bringen mag, eines ist klar – jeder Tag mit Dir ist der schönste Tag meines Lebens. Ich gehöre Dir für immer.

Und Du, meine Geliebte, wirst für immer zu mir gehören.

Noah

Ich lege die Blätter beiseite und erinnere mich, wie ich neben Allie auf unserer Veranda saß, als sie diesen Brief zum ersten Mal las. Es war spät am Nachmittag, rote Streifen durchschnitten den Sommerhimmel, und das Tageslicht verblaßte. Der Himmel wechselte langsam die Farbe, und als ich die Sonne untergehen sah, dachte ich über diesen kurzen schimmernden Augenblick nach, wenn der Tag zur Nacht wird.

Die Dämmerung, so grübelte ich, ist nur eine Illusion, weil die Sonne einmal über, einmal unter dem Horizont ist. Und das bedeutet, daß Tag und Nacht auf ungewöhnliche Weise miteinander verbunden sind; keiner kann ohne den anderen existieren, und doch kann es sie nicht zur gleichen Zeit geben. Wie mochte es sein, so fragte ich mich, stets zusammen und doch für immer getrennt zu sein?

Rückblickend finde ich, es entbehre nicht einer gewissen Ironie, daß sie den Brief gerade in dem Augenblick las, als mir diese Frage in den Sinn kam. Und die Ironie besteht natürlich darin, daß ich die Antwort heute kenne. Ich weiß, was es bedeutet, Tag und Nacht zu sein, stets zusammen und doch für immer getrennt.

* * *

Schönheit umgibt uns hier, wo wir, Allie und ich, heute nachmittag sitzen. Dies ist der Höhepunkt meines Lebens. Sie sind hier am Fluß; die Vögel, die Gänse, meine Freunde. Sie gleiten auf dem kühlen Wasser, das ihre Farben widerspiegelt und sie größer erscheinen läßt, als sie wirklich sind. Auch Allie ist hingerissen von ihrem Zauber, und nach und nach kommen wir uns wieder näher.

»Es tut gut, mit dir zu reden. Es fehlt mir, selbst wenn es noch nicht so lange her ist.«

Ich bin aufrichtig, und sie weiß das, aber sie ist immer noch vorsichtig. Ich bin ein Fremder.

»Tun wir das oft?« will sie wissen. »Sitzen wir öfter hier und sehen den Vögeln zu? Ich meine, kennen wir uns gut?«

»Ja und nein. Ich glaube, jeder hat Geheimnisse, aber wir sind seit Jahren miteinander bekannt.«

Sie betrachtet ihre Hände, dann die meinen. Dann denkt sie eine Weile darüber nach, den Kopf so zur Seite gelegt, daß sie wieder jung aussieht. Unsere Eheringe tragen wir nicht. Auch dafür gibt es einen Grund. Sie fragt:

»Warst du je verheiratet?«

Ich nicke.

»Ja.«

»Wie war sie?«

Ich spreche die Wahrheit.

»Sie war mein Traum. Sie machte mich zu dem, der ich bin. Sie in meinen Armen zu halten war mir vertrauter als mein eigener Herzschlag. Ich denke unentwegt an sie. Selbst jetzt, wo ich hier sitze, denke ich an sie. Nie hätte es eine andere geben können.«

Sie nimmt meine Worte auf. Was sie dabei empfindet,

weiß ich nicht. Schließlich spricht sie mit sanfter Stimme, engelsgleich, sinnlich.

»Ist sie tot?«

Was ist Tod? Ich stelle mir die Frage, spreche sie aber nicht aus, sondern antworte: »Meine Frau lebt in meinem Herzen – für immer.«

»Du liebst sie noch immer, nicht wahr?«

»Natürlich. Aber ich liebe vieles. Ich liebe es, hier mit dir zu sitzen, liebe es, mit jemandem, den ich schätze, die Schönheit hier zu genießen. Ich liebe es, zuzuschauen, wie der Fischadler über den Fluß schwebt und sein Abendessen sucht.«

Sie bleibt einen Augenblick stumm und schaut zur Seite, so daß ich ihr Gesicht nicht sehen kann. Eine alte Gewohnheit von ihr.

»Warum tust du das?« Keine Angst, nur Neugier. Ich weiß, was sie meint, frage aber trotzdem.

»Was?«

»Warum verbringst du den Tag mit mir?«

Ich lächle.

»Ich bin hier, weil es so sein soll. Es ist ganz einfach. Wir beide, du und ich, genießen es, gemeinsam die Zeit zu verbringen. Glaub nicht, daß es für mich vergeudete Stunden, Minuten seien. Im Gegenteil. Ich sitze hier, wir plaudern miteinander, und ich frage mich, was angenehmer sein könnte als das, was ich gerade tue.«

Sie schaut mich an, und für eine Sekunde, eine Sekunde nur, funkeln ihre Augen, und ein Lächeln huscht über ihre Lippen.

»Ich bin gern mit dir zusammen, aber wenn du darauf aus bist, mich neugierig zu machen, dann ist es dir gelungen. Ich gebe zu, daß ich mich in deiner Gesellschaft wohl fühle, aber ich weiß nichts von dir.

Ich erwarte jetzt nicht, daß du mir deine Lebensgeschichte erzählst, aber warum tust du so geheimnisvoll?«

»Ich habe mal gelesen, daß Frauen geheimnisvolle Fremde lieben.«

»Das ist keine richtige Antwort auf meine Frage. Du hast die meisten meiner Fragen nicht beantwortet. Du hast mir nicht mal erzählt, wie die Geschichte von heute morgen ausgegangen ist.«

Ich hebe die Schultern, und wir sitzen eine Weile schweigend da.

»Ist das wahr?« frage ich schließlich.

»Ist was wahr?«

»Daß Frauen geheimnisvolle Fremde lieben.«

Sie überlegt und lacht. Dann gibt sie eine Antwort, wie ich sie gegeben hätte.

»Manche Frauen schon.«

»Und du?«

»Jetzt bring mich nicht in Verlegenheit. Dazu kenne ich dich nicht gut genug.« Sie macht sich über mich lustig, und das freut mich.

Wir schweigen und betrachten die Welt um uns herum. Ein ganzes Leben haben wir gebraucht, um das zu lernen. Es scheint, als könnten nur die Alten ohne zu reden beieinander sitzen und dennoch zufrieden sein. Die Jungen, forsch und ungeduldig, müssen ständig die Stille unterbrechen. Das ist eine Vergeudung, denn Stille ist so rein. Stille ist heilig. Sie verbindet die Menschen, denn nur wenn man sich in Gegenwart eines anderen wohl fühlt, kann man schweigend beieinander sitzen. Das ist das große Paradoxon.

Die Zeit verstreicht, und langsam geht unser Atem im selben Rhythmus, wie heute morgen. Tiefe Atemzüge.

Entspannte Atemzüge, und dann beginnt sie einzunicken, wie es oft unter Menschen geschieht, die sich wohl miteinander fühlen. Ich frage mich, ob die Jungen fähig sind, so etwas zu genießen. Schließlich, als sie erwacht, ein Wunder.

»Siehst du den Vogel dort?«

Ich schaue angestrengt in die Richtung, in die ihr Finger weist. Und was ich sehe, ist ein Wunder.

»Ein Silberreiher«, sage ich leise, und wir beobachten gemeinsam, wie er über den Fluß gleitet. Und als ich den Arm sinken lasse, lege ich wie aus einer alten, wiederentdeckten Gewohnheit die Hand auf ihr Knie. Sie läßt es geschehen.

* * *

Sie hat recht, wenn sie sagt, daß ich oft ausweiche. An Tagen wie diesem, wenn nur ihr Erinnerungsvermögen nicht funktioniert, gebe ich oft vage Antworten. Denn ich habe meine Frau in den letzten Jahren so manches Mal durch gedankenlose Bemerkungen tief verletzt. Das soll mir nicht wieder passieren. So halte ich mich zurück, antworte nur auf Fragen, und manchmal nicht allzu deutlich, und gehe kein Risiko ein.

Dies ist eine schwierige Entscheidung, sowohl gut als auch schlecht, aber notwendig, denn mit dem Wissen kommt auch der Schmerz. Und um den Schmerz zu begrenzen, muß ich auch mit meinen Antworten vorsichtig sein. Es gibt Tage, an denen sie nichts von ihren Kindern erfährt, auch nicht, daß wir verheiratet sind. Es ist bedauerlich, aber ich kann es nicht ändern.

Bin ich deshalb unehrlich? Vielleicht, aber ich habe

erlebt, wie sie unter dem Sturzbach von Informationen zusammenbrach. Könnte ich mich denn ohne gerötete Augen und zitterndes Kinn im Spiegel betrachten, wenn ich wüßte, daß ich alles, was mir wichtig war, vergessen habe? Ich könnte es nicht, und auch sie kann es nicht, denn als diese Odyssee begann, hat sie auch für mich begonnen. Ihr Leben, ihre Ehe, ihre Kinder. Ihre Freunde und ihre Arbeit. Fragen und Antworten wie in der TV-Spielshow »This is Your Life«.

Die Tage waren für uns beide schwer. Ich war eine Enzyklopädie, ein Gegenstand ohne Gefühl für die Fragen nach dem Wer, Was und Wo in ihrem Leben, doch in Wirklichkeit ging es um das Warum, um das, was allem einen Sinn gab, worüber ich aber nichts wußte und was ich nicht richtig beantworten konnte.

Sie starrte auf Fotos von vergessenen Kindern, hielt Pinsel in der Hand, die sie zu nichts inspirierten, und las Liebesbriefe, die keine Freude aufkommen ließen. Innerhalb von Stunden wurde sie schwächer, bleicher, verbitterter, und die Tage endeten weit schlimmer, als sie begonnen hatten. Unsere Tage waren verloren, genau wie sie es war. Und aus Selbstsucht auch ich.

So verwandelte ich mich, wurde zu Magellan oder Kolumbus, einem Forschungsreisenden durch die Geheimnisse des Geistes. Und ich lernte, stockend und langsam zwar, lernte trotz allem, was zu tun war. Lernte, was für ein Kind offensichtlich ist. Daß das Leben eine Kette von kleinen Leben ist und daß jedes einzeln für sich gelebt werden muß, Tag für Tag. Daß man jeden Tag versuchen sollte, sich an der Schönheit von Blumen und Gedichten zu erfreuen und zu den Tieren zu sprechen. Daß ein Tag mit Träumen, mit Sonnenuntergängen und erfrischenden Winden einfach nicht schöner sein kann. Vor allem aber habe ich gelernt, daß Leben bedeutet, auf einer Bank am Fluß zu sitzen mit meiner Hand auf ihrem Knie und manchmal, an guten Tagen, mich zu verlieben.

* * *

»Woran denkst du?« fragt sie.

Die Abenddämmerung ist hereingebrochen. Wir sind von unserer Bank aufgestanden und schlurfen über die beleuchteten Wege, die sich durch unser Areal winden. Sie hat sich bei mir untergehakt, und ich bin ihr Begleiter. Es war ihre Idee. Vielleicht will sie mir nahe sein. Vielleicht will sie mich stützen. Wie auch immer, ich lächle vor mich hin.

»Ich denke an dich.«

Sie antwortet nicht, drückt nur meinen Arm, und ich weiß, daß sie es gern gehört hat. Unser gemeinsames Leben hat mich gelehrt, Zeichen zu verstehen, selbst wenn diese ihr selbst zum Teil gar nicht einmal bewußt sind. Ich fahre fort:

»Ich weiß, daß du dich nicht erinnern kannst, wer du bist. Ich aber weiß es, und wenn ich dich anschaue, geht es mir gut.«

Sie klopft mir auf den Arm und lächelt.

»Du hast ein Herz voller Liebe. Ich hoffe, ich habe mich früher so wohl mit dir gefühlt wie jetzt.«

Wir setzen unseren Spaziergang fort. Plötzlich sagt sie: »Ich muß dir etwas erzählen.«

»Ja?«

»Ich glaube, ich habe einen Verehrer.«

»Einen Verehrer?«

»Ja.«
»So, so.«
»Glaubst du mir nicht?«
»Doch, natürlich.«
»Das solltest du auch.«
»Warum?«
»Weil ich glaube, daß du dieser Verehrer bist.«

Ich denke über ihre Worte nach, während wir schweigend, Arm in Arm, an den Zimmern vorbei, dann durch den Hof gehen. Wir betreten den Garten mit den wildwuchernden Blumen, und hier halte ich an. Ich pflücke ihr einen Strauß – rote, gelbe, violette Blüten. Ich reiche ihn ihr, und sie führt ihn an die Nase. Sie riecht mit geschlossenen Augen daran und flüstert: »Sie sind wunderschön.« Sie hält den Strauß in der einen Hand und meine Hand in der anderen, und so setzen wir unseren Weg fort. Die Menschen schauen uns nach, denn wir sind ein wandelndes Wunder, jedenfalls sagen sie das. Und es stimmt im Grunde, auch wenn ich die meiste Zeit nicht glücklich bin.

»Du glaubst also, daß ich es bin?«
»Ja.«
»Warum?«
»Weil ich gefunden habe, was du versteckt hast.«
»Was?«
»Das hier«, sagt sie und reicht mir einen kleinen Zettel. »Ich habe ihn unter meinem Kopfkissen gefunden.«

Ich lese:

Der Leib vergeht in tödlichem Schmerz, mein Schwur
Jedoch, er bleibt am Ende unserer Tage;
Ein Kosen, verewigt durch des Kusses Spur,
Erweckt die Liebe jenseits jeder Klage.

»Gibt es noch andere?« frage ich.

»Diesen hier habe ich in meiner Manteltasche gefunden.«

Unsre Seelen waren eins, du weißt es,
Und werden nie und nimmer trennen sich;
Es strahlt dein Antlitz, voll des Morgenglanzes –
Berühr' ich dich, so find' ich immer mich.

»So, so«, ist alles, was ich sage.

Wir gehen weiter, während die Sonne am Himmel tiefer sinkt. Auch als nur noch silbriges Zwielicht vom Tage übrig ist, sprechen wir weiter von Poesie. Sie ist bezaubert von der Romantik.

Als wir den Eingang erreichen, bin ich müde. Sie weiß das, und deshalb hält sie mich mit der Hand zurück, damit ich sie ansehe. Und während ich ihr in die Augen schaue, wird mir bewußt, wie krumm ich geworden bin. Wir sind jetzt beide gleich groß. Manchmal bin ich froh, daß sie nicht merkt, wie sehr ich mich verändert habe. Sie blickt mich lange unverwandt an.

»Was machst du?« frage ich.

»Ich will dich oder diesen Tag nicht vergessen und versuche, die Erinnerung an dich wach zu halten.«

Ob es auch diesmal so sein wird? frage ich mich und weiß doch, daß es nicht möglich ist. Ich verrate ihr meine Gedanken nicht, sondern lächle nur, denn ihre Worte sind rührend.

»Danke«, sage ich.

»Wirklich. Ich will dich nie wieder vergessen. Du bedeutest mir so unendlich viel. Ich weiß nicht, was ich heute ohne dich angefangen hätte.«

Die Rührung schnürt mir die Kehle zusammen. Hinter ihren Worten sind Gefühle spürbar, die gleichen, die ich empfinde, wann immer ich an sie denke. Ich weiß, das allein hält mich am Leben, und ich liebe sie in diesem Augenblick mehr denn je. Wie sehr wünsche ich, stark genug zu sein, um sie auf Händen ins Paradies zu tragen.

»Sag jetzt nichts, bitte«, murmelt sie. »Laß uns einfach den Augenblick genießen.«

Das tue ich, und ich fühle mich wie im Himmel.

* * *

Ihre Krankheit ist schlimmer als zu Beginn, auch wenn sie bei Allie anders ist als bei den meisten. Es gibt noch drei andere mit diesem Leiden im Heim. Doch im Gegensatz zu Allie befinden sie sich in einem sehr fortgeschrittenen Stadium der Krankheit, und ihr Zustand ist völlig hoffnungslos. Sie wachen verwirrt und mit Wahnvorstellungen auf. Sie wiederholen sich unentwegt. Zwei von ihnen können nicht ohne Hilfe essen und werden bald sterben. Die dritte, eine Frau, läuft ständig weg und verirrt sich dann. Vor kurzem wurde sie in einem fremden Wagen ein paar hundert Meter entfernt aufgefunden. Seither hat man sie an ihr Bett gefesselt. Alle drei können sehr zornig werden und dann wieder wie verlorene Kinder sein, traurig und allein. Nur selten erkennen sie das Pflegepersonal oder ihre Angehörigen. Es ist eine aufreibende Krankheit, für alle, und deshalb fällt ihren und meinen Kindern ein Besuch nicht leicht.

Natürlich hat auch Allie ihre Probleme, Probleme, die sicher im Laufe der Zeit noch schlimmer werden. Morgens ist sie furchtbar ängstlich und weint und läßt sich nicht beruhigen. Sie sieht kleine Wesen, wie Gnome, glaube ich, die sie anstarren, und sie schreit, um sie zu verscheuchen. Sie badet gern, will aber nicht regelmäßig essen. Sie ist dünn, viel zu dünn in meinen Augen, und an guten Tagen tue ich mein Bestes, um sie aufzupäppeln.

Aber hier enden auch schon die Ähnlichkeiten. Allies Fall wird für ein Wunder gehalten, weil ihr Zustand manchmal, nur manchmal, wenn ich ihr vorgelesen habe, sich leicht verbessert. Dafür gibt es keine Erklärung. »Das ist unmöglich«, sagen die Ärzte, »das kann nicht Alzheimer sein.« Ist es aber. An den meisten Tagen, vor allem morgens, kann gar kein Zweifel daran bestehen. Da sind sich alle einig.

Aber warum ist ihr Zustand plötzlich verändert? Warum ist sie manchmal anders, nachdem ich ihr vorgelesen habe? Ich nenne den Ärzten den Grund – ich kenne ihn in meinem Herzen, aber sie glauben mir nicht. Statt dessen verweisen sie auf die Wissenschaft. Viermal sind Spezialisten von Chapel Hill angereist, um die Antwort zu finden. Viermal sind sie ratlos wieder abgereist. »Sie können es nicht verstehen, wenn Sie nur in Ihre Lehrbücher schauen«, sage ich. Doch sie schütteln den Kopf und antworten: »Alzheimer läuft nicht so ab. In ihrem Zustand ist es ausgeschlossen, daß sie ein normales Gespräch führt, oder daß es ihr im Laufe des Tages besser geht. Ausgeschlossen.«

Aber es ist so. Nicht jeden Tag, auch nicht an den meisten Tagen und entschieden seltener als zu Anfang. Aber manchmal. Und das einzige, was ihr an solchen Tagen fehlt, ist ihr Erinnerungsvermögen, so als hätte sie Amnesie. Aber ihre Gefühle sind normal, ihre Gedanken sind normal. Und dies sind die Tage, an denen ich weiß, daß ich es richtig mache.

* * *

Als wir in ihr Zimmer zurückkommen, wartet das Abendessen auf uns. Man hat es so eingerichtet, daß wir an Tagen wie diesen hier essen können. Und wieder muß ich sagen, daß ich mich nicht beschweren kann. Die Menschen hier kümmern sich um alles, sie sind rührend zu mir, und dafür bin ich dankbar.

Das Licht ist gedämpft, zwei Kerzen stehen auf dem Tisch, und im Hintergrund erklingt leise Musik. Das Geschirr ist aus Plastik, und die Karaffe ist mit Apfelsaft gefüllt, aber Vorschriften sind Vorschriften, und sie scheint es nicht zu stören. Beim Anblick des Zimmers hält sie den Atem an, und ihre Augen sind weit geöffnet.

»Hast du das gemacht?«

Ich nicke, und sie tritt ein.

»Es ist wunderschön.«

Ich biete ihr meinen Arm an und führe sie zum Fenster. Sie läßt ihre Hand auf meinem Arm ruhen, während wir eng beieinanderstehen und in den kristallklaren Abend blicken. Das Fenster ist leicht geöffnet, und ich fühle einen Lufthauch über mein Gesicht streichen. Der Mond ist aufgegangen, und wir sehen zu, wie der Abendhimmel sich entfaltet.

»Ich habe noch nie etwas so Schönes gesehen«, sagt sie, und ich stimme ihr zu.

»Ich auch nicht«, sage ich und schaue sie dabei an. Sie versteht, was ich meine, und ich sehe sie lächeln. Kurz darauf flüstert sie.

»Ich glaube, ich weiß, für wen Allie sich am Ende der Geschichte entschieden hat.«

»Wirklich?«

»Ja.«

»Für wen?«

»Für Noah.«

»Bist du sicher?«

»Ganz sicher.«

Ich nicke und lächle. »Ja, das hat sie«, sage ich leise, und sie lächelt zurück. Ihr Gesicht strahlt.

Ich rücke ihren Stuhl zurecht. Sie setzt sich, und ich nehme ihr gegenüber Platz. Sie reicht mir ihre Hand, und als ich sie ergreife, spüre ich, wie ihr Daumen sich bewegt, genauso wie vor so vielen Jahren. Schweigend blicke ich sie an und durchlebe wieder die Augenblicke meines Lebens. Die Wehmut schnürt mir das Herz zusammen, und wieder einmal wird mir klar, wie sehr ich sie liebe. Meine Stimme bebt, als ich schließlich das Schweigen breche.

»Du bist so schön«, sage ich. Und in ihren Augen sehe ich, daß sie weiß, was meine Worte bedeuten.

Sie antwortet nicht, senkt nur den Blick, und ich frage mich, was sie wohl denkt. Sie gibt mir keinen Hinweis, und ich drücke sanft ihre Hand. Ich warte. Mit all meinen Träumen kenne ich ihr Herz, und ich weiß, daß ich bald am Ziel bin.

Und dann, ein Wunder, das mir recht gibt.

Denn als jetzt leise die Musik von Glenn Miller erklingt, sehe ich, wie sie allmählich den Gefühlen in ihrem Innern nachgibt. Ich sehe ein warmes Lächeln um ihre Lippen spielen, ein Lächeln, das alle Mühen lohnt. Sie zieht meine Hand zu sich.

»Du bist wundervoll ...«, sagt sie leise und verstummt, und in diesem Augenblick verliebt auch sie sich in mich, das weiß ich, denn ich habe die Anzeichen wohl schon tausendmal gesehen.

Sie sagt sonst nichts, das braucht sie auch nicht, und sie schenkt mir einen Blick aus einer anderen Zeit, einen Blick, der mich wieder zu einem ganzen Menschen macht. Ich lächle zurück mit so viel Leidenschaft, wie ich aufbieten kann, und wir schauen uns an, und die alten Gefühle wühlen uns auf wie Meereswellen. Mein Blick wandert durchs Zimmer, zur Decke und dann zurück zu Allie, und sie sieht mich auf eine Weise an, daß mir ganz warm ums Herz wird. Und plötzlich fühle ich mich wieder jung. Ich bin nicht von Schmerzen und Kälte geplagt, nicht mehr gebeugt und entstellt, nicht mehr vom grauen und grünen Star geplagt.

Ich bin stark und stolz und der glücklichste Mensch auf der Welt, und dieses Glücksgefühl hält lange an.

Als die Kerzen schon auf ein Drittel heruntergebrannt sind, bin ich so weit, das Schweigen zu brechen. »Ich liebe dich von ganzem Herzen«, sage ich. »Und ich hoffe, du weißt das.«

»Natürlich weiß ich das«, sagt sie atemlos. »Ich habe dich immer geliebt, Noah.«

›*Noah*‹, hallt es in meinem Kopf wider. ›*Noah*‹. Sie weiß es, denke ich im stillen. Sie weiß, wer ich bin ...

Sie weiß es ...

Eine Kleinigkeit nur, dieses Wissen, für mich aber ist es ein Geschenk Gottes, ist es alles, was mir in unserem gemeinsamen Leben noch etwas bedeutet.

»Noah, mein liebster Noah«, murmelt sie.

Und ich, der ich die Worte der Ärzte nicht akzeptieren wollte, ich habe wieder einmal gesiegt, wenigstens für einen Augenblick. Ich verzichte auf alle Verstellung, küsse ihre Hand, führe sie an meine Wange und flüstere ihr ins Ohr:

»Du bist das Schönste, das mir je im Leben widerfahren ist.«

»O Noah«, sagt sie mit Tränen in den Augen. »Ich liebe dich auch.«

* * *

Wenn es doch nur so enden würde, ich wäre ein glücklicher Mensch.

Doch es wird so nicht enden, das weiß ich, denn mit der Zeit entdecke ich wieder die ersten Anzeichen von Unruhe in ihrem Gesicht.

»Was ist?« frage ich, und ihre Antwort ist fast ein Flüstern.

»Ich habe solche Angst. Angst, dich wieder zu vergessen. Es ist so grausam; ich will das hier nicht aufgeben.«

Ihre Stimme bricht, und ich weiß nicht, was ich sagen soll. Ich weiß, daß der Abend seinem Ende zugeht und daß ich nichts tun kann, um das Unvermeidliche aufzuhalten. Hier bin ich machtlos.

»Ich werde dich nie verlassen«, antworte ich schließlich. »Was wir erlebt haben, ist ewig.«

Sie weiß, daß ich mehr nicht tun kann, und keiner von uns will leere Versprechen. Doch an der Art, wie sie mich anschaut, erkenne ich, daß sie wieder einmal wünscht, daß es anders sein könnte.

Die Grillen stimmen ihren Abendgesang an, und wir stochern lustlos in unserem Essen. Keiner von uns hat Hunger, aber ich gehe mit gutem Beispiel voran, und sie folgt ihm. Sie nimmt nur kleine Bissen und kaut lange, aber ich bin schon froh, daß sie überhaupt etwas ißt. In den letzten drei Monaten hat sie stark abgenommen.

Nach dem Essen überkommt mich plötzlich ein banges Gefühl. Ich sollte froh sein, denn dieses Zusammensein ist der Beweis dafür, daß die Liebe uns gehört, aber ich weiß auch, daß die Stunde geschlagen hat. Die Sonne ist lange schon untergegangen, und der Dieb hat sich längst auf den Weg gemacht, und ich kann ihn nicht aufhalten. Und so sehe ich sie an und warte und durchlebe in diesen letzten uns verbleibenden Minuten ein ganzes Leben.

Nichts.

Die Uhr tickt.

Nichts.

Ich nehme sie in die Arme, und wir halten uns umschlungen.

Nichts.

Ich fühle, wie sie zittert, und flüstere ihr ins Ohr.

Nichts.

Ich beteuere ihr zum letzten Mal an diesem Abend, daß ich sie liebe.

Und der Dieb erscheint.

Ich bin immer erstaunt, wie schnell es vor sich geht. Selbst jetzt noch, nach all dieser Zeit. Denn während sie mich noch umarmt hält, beginnt sie plötzlich zu blinzeln und den Kopf zu schütteln. Dann starrt sie in eine Ecke des Zimmers, Angst in den Augen.

Nein! schreit es in mir. *Noch nicht! Nicht jetzt, wo wir uns so nahe sind! Nicht heute abend! Jeden anderen Abend, aber nicht jetzt ... Bitte!* Die Worte hallen in mir. *Ich ertrage es nicht! Warum nur? Warum?*

Aber wieder einmal ist es vergeblich.

»Diese Leute«, sagt sie schließlich und deutet in die Zimmerecke, »sie starren mich an. Bitte mach, daß sie aufhören.«

Die Gnome.

Mein Magen krampft sich zusammen. Mein Atem stockt, wird flacher. Mein Mund wird trocken, und mein Herz beginnt zu rasen. Es ist vorbei, ich weiß es. Der Dieb steht auf der Schwelle. Diese abendliche Verwirrung, verbunden mit der Alzheimer-Krankheit, ist das Schlimmste von allem. Denn wenn es beginnt, ist sie fort, und manchmal frage ich mich, ob sie und ich uns jemals wieder lieben werden.

»Da ist niemand, Allie«, sage ich und versuche, das Unvermeidliche abzuwehren. Sie glaubt mir nicht.

»Sie starren mich an.«

»Nein«, flüstere ich und schüttle den Kopf.

»Kannst du sie denn nicht sehen?«

»Nein«, sage ich, und sie überlegt einen Augenblick.

»Sie sind aber hier«, sagt sie und stößt mich weg. »Und sie starren mich an.«

Darauf beginnt sie, mit sich selbst zu reden, und als ich sie trösten will, weicht sie mit weit aufgerissenen Augen vor mir zurück.

»Wer bist du?« schreit sie, Panik in der Stimme, das Gesicht aschfahl. »Was tust du hier?« Ihre Angst wächst, und ich leide, weil ich machtlos bin. Immer weiter weicht sie vor mir zurück, die Hände zur Abwehr erhoben, und dann sagt sie die Worte, die mich am meisten verletzen.

»Komm mir nicht zu nahe!« schreit sie. »Geh!« Ängstlich versucht sie, die Gnome zu verscheuchen, und ist sich meiner Gegenwart nicht mehr bewußt.

Langsam setze ich mich in Bewegung und gehe zu ihrem Bett. Ich bin schwach, meine Beine schmerzen, und ich fühle ein seltsames Stechen in der Seite, dessen Ursache ich nicht kenne. Es kostet mich Mühe, den Knopf zu drücken, um die Schwestern zu rufen, denn meine Finger sind gekrümmt und pochen vor Schmerz, aber schließlich gelingt es mir doch. Gleich werden sie da sein, das weiß ich, und ich warte auf sie. Und während ich warte, starre ich meine Frau an.

Zehn …

Zwanzig …

Dreißig Sekunden vergehen, und ich sehe sie immer noch an und denke an die Augenblicke, die wir soeben miteinander erlebt haben. Aber sie schaut nicht zurück, und mich quält die Vorstellung, wie sie mit ihren unsichtbaren Feinden kämpft.

Ich sitze mit schmerzendem Rücken neben ihrem Bett, und als ich zu meinem Tagebuch greife, fange ich an zu weinen. Allie bemerkt es nicht, ihre Gedanken sind weit fort.

Mehrere Seiten fallen zu Boden, und ich bücke mich, um sie aufzuheben. Ich bin müde, und da sitze ich nun, allein und von meiner Frau getrennt. Und als die Krankenschwestern hereinkommen, sehen sie zwei Menschen, die Trost brauchen. Eine Frau, die zittert aus Angst vor eingebildeten Dämonen, und den alten Mann, der sie mehr liebt als das Leben selbst und der, die Hände vors Gesicht geschlagen, still vor sich hin weint.

* * *

Ich verbringe den restlichen Abend allein in meinem Zimmer. Meine Tür steht halb offen, und ich sehe Menschen vorübergehen, Freunde und Fremde, und wenn ich mich konzentriere, kann ich hören, wie sie von ihren Familien, von ihren Berufen, von Spaziergängen im Park reden. Gewöhnliche Gespräche, nichts weiter. Aber ich beneide sie um ihre Unbeschwertheit. Noch eine Todsünde, ich weiß, aber manchmal bin ich machtlos dagegen.

Auch Dr. Barnwell ist da, er spricht mit einer der Schwestern, und ich frage mich, wer wohl so krank ist, daß er zu dieser späten Stunde noch einen Arzt braucht. Er arbeite zuviel, sage ich ihm immer wieder. Er solle sich mehr Zeit für seine Familie nehmen, sage ich, solange die Kinder noch im Haus sind. Aber er will nicht auf mich hören. Er sorge sich um seine Patienten, sagt er, und wenn sie ihn riefen, müsse er kommen. Er habe keine Wahl, sagt er, aber das ist ein Widerspruch in sich. Er will ein guter Arzt sein, der sich völlig seinen Patienten widmet, und gleichzeitig ein guter Vater, der sich um seine Familie kümmert. Beides ist nicht möglich, dazu reicht ein Tag nicht aus, das muß er erst noch begreifen. Als seine Stimme verhallt, stelle ich mir die Frage, wofür er sich entscheiden wird, oder ob die Entscheidung, was ich ihm nicht wünsche, für ihn getroffen wird.

Ich sitze am Fenster und überdenke den heutigen Tag. Es war ein glücklicher und ein trauriger, ein wundervoller und ein qualvoller Tag. Meine widersprüchlichen Gefühle lassen mich für Stunden schweigen. Ich habe heute abend niemandem vorgelesen, ich konnte es nicht, denn poetische Selbstbeobachtungen würden mich zu sehr aufwühlen. Inzwischen ist es auf den Korridoren still geworden, bis auf die Schritte der Nachtschwestern. Gegen elf höre ich vertraute Geräusche, die ich irgendwie erwartet habe. Schritte, die ich gut kenne.

Dr. Barnwell schaut herein.

»Ich hab' Licht brennen sehen. Darf ich kurz hereinkommen?«

»Gern«, sage ich.

Er schaut sich um, bevor er mir gegenüber Platz nimmt.

»Ich habe gehört«, sagt er, »daß Sie einen schönen Tag mit Allie verbracht haben.« Er lächelt. Er ist irgendwie fasziniert von uns und unserer Beziehung. Ich weiß nicht, ob sein Interesse nur beruflicher Art ist.

»So ist es.«

Er legt den Kopf auf die Seite und schaut mich an.

»Alles in Ordnung, Noah? Sie sehen ein wenig niedergeschlagen aus.«

»Geht schon. Nur ein bißchen müde.«

»Wie war Allie heute?«

»Es ging ihr gut. Wir haben fast vier Stunden geplaudert.«

»Vier Stunden? Das ist unglaublich, Noah.«

Ich kann nur nicken. Er fährt kopfschüttelnd fort:

»So etwas habe ich noch nie erlebt – oder auch nur gehört. Ich glaube, das vermag nur die Liebe. Sie beide waren füreinander bestimmt. Sie muß Sie sehr lieben. Das wissen Sie doch, oder?«

»Ja«, sage ich leise.

»Was bedrückt Sie denn, Noah? Hat Allie etwas gesagt oder getan, das Ihre Gefühle verletzt hat?«

»Nein, sie war wunderbar, wirklich. Nur fühle ich mich jetzt so … allein.«

»Allein?«

»Ja.«

»Selbst nach allem, was heute geschehen ist?«

»Ich bin allein«, sage ich und schaue auf die Uhr und denke an seine Familie, die jetzt in einem stillen Haus schläft, wo auch er eigentlich sein sollte. »Und Sie sind es ebenfalls.«

* * *

Die nächsten Tage vergingen ohne besondere Vorkommnisse. Allie erkannte mich nicht ein einziges Mal, und ich muß zugeben, daß meine Aufmerksamkeit gelegentlich nachließ, während meine Gedanken meist um diesen einen Tag voller Glück kreisten. Obwohl das

Ende immer zu früh kommt, war nichts an diesem Tag verloren, nur etwas gewonnen, und ich war glücklich, daß mir diese Gnade wieder einmal zuteil geworden war.

In der ganzen folgenden Woche verlief mein Leben beinahe wieder normal. Oder wenigstens so normal, wie es für mich möglich ist. Ich las Allie vor, las den anderen vor, lief durch die Korridore. Nachts lag ich wach, morgens saß ich am Heizofen. Ich finde einen seltsamen Trost im Gleichmaß meines Lebens.

An einem kühlen, nebligen Morgen, eine gute Woche nach unserem gemeinsam verbrachten Tag, wachte ich, wie üblich, früh auf, kramte auf meinem Schreibtisch herum, betrachtete Fotos und las in Briefen, die ich vor langer Zeit geschrieben hatte. Wenigstens versuchte ich es. Ich konnte mich nicht konzentrieren, weil ich Kopfschmerzen hatte. Also legte ich die Briefe beiseite und setzte mich ans Fenster, um den Sonnenaufgang zu beobachten. Allie würde in zwei Stunden aufwachen, und ich wollte ausgeruht sein, denn das stundenlange Lesen würde meine Kopfschmerzen verstärken.

Ich schloß die Augen für eine Weile, während das Pochen in meinem Kopf mal heftiger wurde, dann wieder etwas nachließ. Dann öffnete ich wieder die Augen und beobachtete meinen alten Freund, den Brices Creek. Anders als Allie hatte ich ein Zimmer mit Blick auf den Fluß, und der hat mich schon immer inspiriert. Er ist ein Widerspruch in sich, dieser Fluß – Hunderttausende von Jahren alt, aber mit jedem Regenguß wieder neu. Ich redete an diesem Morgen mit ihm, flüsterte ihm zu: »Du bist gesegnet, mein Freund, und ich bin gesegnet, und wir werden in den kommenden Tagen zusammenfinden.« Die Wasser wogten und kräuselten sich, gleichsam zustimmend, und im blassen Schimmer des Morgenlichts spiegelte sich unsere gemeinsame Welt. Der Fluß und ich. Fließend, verebbend, zurückweichend. Der Mensch, so denke ich, kann so vieles lernen, wenn er das Wasser betrachtet.

Es geschah, während ich am Fenster saß und der erste Sonnenstrahl auf den Fluß traf. Ich bemerkte, daß meine Hand zu kribbeln anfing, was noch nie geschehen war. Ich wollte aufstehen, vermochte es aber nicht, weil mein Kopf wieder unerträglich zu hämmern begann, diesmal so, als schlüge man mir mit einem Hammer auf den Schädel. Ich schloß die Augen, preßte die Lider fest zusammen. Meine Hand hörte auf zu kribbeln, wurde gefühllos, so schnell, als würden irgendwo in meinem Unterarm plötzlich die Nerven durchtrennt. Ich konnte mein Handgelenk nicht mehr bewegen, und, einer Flutwelle gleich, die alles auf ihrem Weg mit sich fortreißt, jagte ein stechender Schmerz durch meinen Kopf, den Nacken hinunter in jede Zelle meines Körpers.

Ich konnte nicht mehr sehen und vernahm ein Geräusch wie das eines Zuges, der dicht an meinem Kopf vorbeidonnerte. Da wußte ich, daß es ein Schlaganfall war. Wie ein Blitz durchzuckte der Schmerz meinen Körper, und in meinen letzten bewußten Augenblicken sah ich Allie vor mir, in ihrem Bett auf die Geschichte wartend, die ich ihr nie wieder vorlesen würde, verloren und verwirrt und völlig unfähig, sich selbst zu helfen. Genauso wie ich.

Und als sich meine Augen endgültig schlossen, dachte ich bei mir: *O Gott, was habe ich getan?*

* * *

Ich war tagelang immer wieder bewußtlos, und in meinen lichten Augenblicken fand ich mich an alle möglichen Apparate angeschlossen, mit Schläuchen in der Nase und Kanülen in den Armen und zwei Beuteln mit Flüssigkeit über meinem Bett. Ich konnte das Summen von Maschinen an- und abschwellen hören, Maschinen, die manchmal Geräusche machten, die ich nicht einordnen konnte. Eine, die im Rhythmus meines Herzschlags piepste, wirkte seltsam beruhigend auf mich, und ich fühlte mich zwischen Niemandsland und Wirklichkeit hin und her gewiegt.

Die Ärzte waren beunruhigt. Ich sah ihre sorgenvollen Gesichter mit halbgeöffneten Augen, wenn sie die Krankenblätter studierten und die Apparate neu einstellten. Sie glaubten, ich könnte sie nicht verstehen, wenn sie ihre Kommentare flüsterten: »Das sieht aber gar nicht gut aus«, sagten sie. »Das kann verheerende Folgen haben.« Mit todernsten Mienen sprachen sie ihre Befürchtungen aus: »Sprachverlust, Bewegungsverlust, Lähmung.« Ein weiterer Eintrag ins Krankenblatt, ein weiteres Summen einer sonderbaren Maschine, dann verließen sie mein Zimmer und wußten nicht, daß ich jedes Wort gehört hatte.

Ich versuchte, nicht über diese Dinge nachzudenken, sondern mich auf Allie zu konzentrieren und ihr Bild vor meinem geistigen Auge erscheinen zu lassen. Ich versuchte, ihre Berührung zu spüren, ihre Stimme zu hören, ihr Gesicht zu sehen, und jedesmal füllten sich meine Augen mit Tränen, weil ich nicht wußte, ob ich sie jemals wieder in den Armen halten, den Tag mit ihr verbringen, ihr vorlesen oder mit ihr zum Fluß spazieren könnte. So hatte ich mir das Ende nicht vorgestellt, so war es nicht vorgesehen.

Ich hatte immer geglaubt, daß ich als letzter gehen würde.

So trieb ich tagelang dahin zwischen Bewußtlosigkeit und Wachzustand, bis das Versprechen an Allie meinem Körper plötzlich neuen Antrieb gab. Es war an einem nebligen Morgen, und als ich die Augen öffnete, erblickte ich ein Zimmer voll mit Blumen, deren Duft mich noch mehr belebte. Ich tastete nach der Klingel und drückte mit größter Mühe darauf. Keine dreißig Sekunden später erschien eine Krankenschwester, gefolgt von Dr. Barnwell, der mich erwartungsvoll anschaute.

»Ich habe Durst«, sagte ich mit krächzender Stimme.

»Willkommen, Noah«, sagte er mit einem breiten Lächeln. »Ich wußte, daß Sie's schaffen würden.«

* * *

Zwei Wochen später kann ich das Krankenhaus verlassen, doch ich bin nur noch ein halber Mensch. Wenn ich ein Auto wäre, würde ich mich im Kreis drehen, denn meine rechte Körperhälfte ist schwächer als die linke. Das sei, sagt man mir, eine gute Nachricht, denn die Lähmung hätte auch beidseitig sein können. Manchmal kommt es mir vor, als wäre ich nur von Optimisten umgeben.

Die schlechte Nachricht ist, daß meine Hände es mir nicht erlauben, Krücken oder einen Rollstuhl zu benutzen, und so muß ich mich in einem speziellen, mir eigenen Rhythmus vorwärtsbewegen, um mich aufrecht zu halten. Nicht mehr links-rechts-links, wie früher, auch nicht schluff-schluff, wie kürzlich noch, sondern langsam-schluff, rechts-vor, langsam-schluff. Es ist ein Abenteuer für mich, durch die Flure zu gehen. Es geht nur langsam vorwärts, selbst für mich, der bereits vor zwei Wochen eine Schildkröte nur mit Mühe überholt hätte.

Es ist spät, und als ich endlich mein Zimmer erreiche, weiß ich, daß ich nicht schlafen werde. Ich atme tief durch und verspüre den Frühlingsduft, der im Zimmer hängt. Das Fenster ist weit geöffnet, und die kühle Luft belebt mich. Evelyn, eine der vielen Krankenschwestern, ein junges Ding von höchstens fünfundzwanzig Jahren, hilft mir in meinen Sessel am Fenster und will das Fenster schließen. Ich hindere sie daran, und sie fügt sich mit einem Stirnrunzeln. Ich höre, wie eine Schublade geöffnet wird, und einen Augenblick später wird mir eine Wolljacke über die Schultern gelegt. Evelyn behandelt mich wie ein Kind, und als sie fertig ist, legt sie mir die Hand auf den Arm. Sie sagt die ganze Zeit kein Wort, und an ihrem Schweigen erkenne ich, daß sie aus dem Fenster schaut. Eine ganze Weile steht sie regungslos da, und ich frage mich, woran sie wohl denkt. Schließlich höre ich sie seufzen. Sie wendet sich schon zum Gehen, hält dann aber plötzlich inne, beugt sich herab und drückt mir einen Kuß auf die Stirn, ganz zart, so wie meine Enkelin es tut. Das überrascht mich, sie aber sagt ruhig: »Wie gut, daß Sie wieder da sind. Allie hat Sie vermißt, und wir andern auch. Wir haben für Sie gebetet, denn es war ganz leer hier ohne Sie.« Sie lächelt mir zu und streicht mir, bevor sie geht, mit dem Handrücken über die Wange. Ich sage kein Wort. Später höre ich sie draußen noch einmal vorbeigehen und mit einer anderen Schwester flüstern.

Die Sterne sind heute abend sichtbar, und die Welt schimmert in einem unwirklichen Blau. Die Grillen zirpen, und ihr Lied übertönt alle anderen Geräusche.

Während ich so dasitze, überlege ich, ob irgendwer dort draußen mich, den Gefangenen meines Körpers, sehen kann. Mein Blick wandert zu den Bäumen, zu den Bänken am Wasser und sucht nach einem Lebenszeichen, doch da ist niemand. Selbst der Fluß ist ruhig. Im Dunkel wirkt er wie ein leerer Raum und zieht mich in seinen Bann, wie ein Geheimnis. Ich blicke lange hinaus, und nach einer Weile sehe ich Wolken, die sich auf dem Wasser spiegeln. Ein Gewitter zieht heran, und der Himmel wird silbrig, wie eine zweite Dämmerung.

Blitze durchzucken den stürmischen Himmel, und meine Gedanken schweifen zurück. Wer sind wir, Allie und ich? Sind wir wie altes Efeu auf einer Zypresse, mit Ranken, so eng verschlungen, daß wir beide stürben, wenn man uns gewaltsam trennte? Ich weiß es nicht. Ein weiterer Blitz, und der Tisch neben mir ist so hell erleuchtet, daß ich ein Foto von Allie sehe, das schönste, das ich von ihr besitze. Ich habe es vor Jahren rahmen lassen, in der Hoffnung, unter Glas würde es die Zeit überdauern. Ich greife danach und halte es dicht vor meine Augen. Sie war damals einundvierzig und schöner als je zuvor. Ich hätte so viele Fragen an sie, doch das Bild wird mir keine Antwort geben, und so lege ich es beiseite.

Heute nacht bin ich wieder einmal allein, während Allie am anderen Ende des Flures in ihrem Zimmer schläft. Ich werde immer allein sein. Dieser Gedanke war mir gekommen, als ich im Krankenhaus lag. Und davon bin ich auch jetzt überzeugt, während ich wieder aus dem Fenster schaue und die Gewitterwolken sich nähern sehe. Und plötzlich bin ich tieftraurig, denn mir wird bewußt, daß ich Allie an unserm letzten gemeinsamen Tag nicht geküßt habe. Vielleicht werde ich es nie mehr können. Bei dieser Krankheit weiß man das nie. Warum nur kommen mir solche Gedanken?

Schließlich stehe ich auf, gehe zu meinem Schreibtisch und knipse das Licht an. Das kostet mich mehr Kraft, als ich erwartet habe, deshalb gehe ich nicht mehr zu meinem Fensterplatz zurück. Ich setze mich und betrachte die Fotos auf dem Schreibtisch. Familienfotos, Ferienfotos, Kinderfotos. Fotos von Allie und mir. Ich denke an vergangene Zeiten zurück, und wieder wird mir bewußt, wie alt ich bin.

Ich öffne eine Schublade und finde dort Blumen, die ich ihr vor langer Zeit geschenkt habe, alt und vertrocknet und mit einem Band zusammengebunden. Sie sind, wie ich, mürbe und schlecht zu halten, weil sie so leicht zerbrechen. Aber sie hat sie aufbewahrt. »Ich verstehe nicht, warum du sie behalten willst«, habe ich damals gesagt, aber sie hat nichts darauf erwidert. Und manchmal sah ich sie abends, wie sie die Blumen in ihren Händen hielt, fast ehrfürchtig, als würden sie das Geheimnis des Lebens enthalten. Frauen …

Da dies eine Nacht der Erinnerungen ist, suche ich nach meinem Ehering. Ich finde ihn, in ein Tüchlein gewickelt, in der obersten Lade. Ich kann ihn nicht mehr tragen, weil meine Fingerknöchel geschwollen sind. Ich wickle den Ring aus; er ist unverändert. Er ist voller Kraft, ein Symbol, ein Rund, und ich weiß, *ich weiß*, es hätte nie eine andere geben können. Ich wußte es damals und weiß es heute. Und ich flüstere: »Ich bin immer noch der Deine, Allie, meine Königin, meine zeitlose Schönheit. Du warst und bist das größte Geschenk in meinem Leben.«

Ich frage mich, ob sie das hören kann, und warte auf ein Zeichen. Vergebens.

Es ist jetzt halb zwölf, und ich suche nach ihrem Brief, den ich lese, wenn mich die Sehnsucht überkommt. Er liegt noch da, wo ich ihn das letzte Mal abgelegt habe. Ich betrachte den Umschlag, bevor ich ihn öffne, und dabei zittern mir die Hände. Dann schließlich lese ich:

Lieber Noah,

ich schreibe diesen Brief bei Kerzenlicht, während Du schon lange im Schlafzimmer bist, das wir seit unserer Hochzeit teilen. Und obwohl ich die sanften Laute Deines Schlummers nicht hören kann, weiß ich doch, daß Du da bist und daß ich bald, wie immer, bei Dir liegen werde. Ich werde Deine Wärme fühlen, und Deine Atemzüge werden mich langsam dorthin geleiten, wo ich von Dir, diesem wundervollen Mann, träumen kann.

Beim Anblick der Flamme auf meinem Schreibtisch sehe ich ein anderes Feuer, ein Feuer, das vor Jahrzehnten brannte. Damals wußte ich, daß wir immer zusammenbleiben würden, auch wenn ich am nächsten Tag für einen Moment schwankend wurde. Mein Herz war gefangen, an einen Dichter gefesselt, und ich wußte tief in meinem Innern, daß es schon immer Dir gehört hatte. Wer war ich, daß ich an einer Liebe hätte zweifeln können, die auf Sternschnuppen reiste und wie die Meeresbrandung toste. Denn so war es damals zwischen uns, und so ist es bis heute geblieben.

Ich weiß noch, wie ich zurückkam zu Dir an dem Tag, als Mutter unverhofft aufgetaucht war. Ich hatte Angst, wie noch nie in meinem Leben, weil ich sicher war, Du würdest mir nicht verzeihen, daß ich Dich verlassen hatte. Ich zitterte, als ich aus dem Auto stieg, doch Dein Lächeln und die Art, wie Du mir die Hände entgegen-

strecktest, ließen mich sofort alle Angst vergessen. »Wie wär's mit einem Kaffee?« Mehr sagtest Du nicht. Und Du kamst nie mehr darauf zu sprechen in all unseren gemeinsamen Jahren.

Und auch als ich an den folgenden Tagen allein fortging, hast Du mir nie Fragen gestellt. Und jedes Mal, wenn ich tränenüberströmt zurückkam, wußtest Du, ob ich Deine Nähe brauchte oder allein sein wollte. Ich weiß nicht, woher Du es wußtest, doch es war so und hat mir alles sehr viel leichter gemacht. Als wir dann später zu der kleinen Kapelle gingen, unsere Ringe tauschten und uns die Treue schworen, erkannte ich, während ich Dir in die Augen schaute, daß ich die richtige Entscheidung getroffen hatte. Nein, mehr noch, ich wußte, wie töricht es von mir gewesen war, jemals einen anderen in Betracht gezogen zu haben. Seither habe ich niemals mehr geschwankt.

Unser gemeinsames Leben war wunderschön, und ich denke jetzt oft darüber nach. Manchmal schließe ich die Augen und sehe Dich vor mir, wie Du auf der Veranda sitzt und Gitarre spielst, während die Kleinen um Dich herumsitzen und zu Deiner Musik klatschen. Deine Kleider tragen Spuren von harter Arbeit, und Du bist müde, und obwohl ich Dich bitte, Dich auszuruhen, lächelst Du nur und sagst: »Das tue ich gerade.« Deine Liebe zu unseren Kindern ist rührend. »Du bist ein weit besserer Vater, als Du weißt«, sage ich Dir, als die Kinder schlafen gegangen sind. Und bald darauf legen wir unsere Kleider ab, küssen uns und verlieren uns fast, bevor wir unter die Decke schlüpfen können.

Es gibt so vieles, das ich an Dir liebe, besonders Deine Leidenschaft für die Dinge, die das Leben lebenswert machen. Liebe, Poesie, Freundschaft, Schönheit, Natur.

Und ich bin glücklich darüber, daß Du auch die Kinder diese Dinge gelehrt hast, denn ich weiß, daß es ihr Leben bereichern wird. Sie sagen mir oft, was Du ihnen bedeutest, und jedes Mal weiß ich dann, daß ich die glücklichste Frau auf Erden bin.

Auch mich hast Du manches gelehrt, hast mich inspiriert, beim Malen unterstützt, und Du wirst niemals wissen, wieviel mir das bedeutet hat. Meine Bilder hängen jetzt in Museen und Privatgalerien, aber immer wenn ich erschöpft oder beunruhigt war wegen der vielen Ausstellungen und Kritiken, hattest Du ein tröstendes und ermutigendes Wort für mich. Du hattest Verständnis dafür, daß ich ein eigenes Atelier brauchte, meinen eigenen Freiraum, und sahst über die Farbkleckser auf meinen Kleidern, in meinem Haar und manchmal auch auf den Möbeln hinweg. Ich weiß, daß es oft nicht leicht war. Es bedarf eines ganzen Mannes, mit so jemandem wie mir zusammenzuleben. Und Du hast es ertragen. Fünfundvierzig Jahre. Wundervolle Jahre.

Du bist mein bester Freund und mein Geliebter, und ich weiß nicht, welche dieser beiden Seiten ich am meisten schätze. Da ist noch etwas an Dir, Noah, etwas Schönes und Starkes. Güte sehe ich, wenn ich Dich heute anschaue, und die sieht jeder in Dir. Güte. Du bist der versöhnlichste und friedfertigste Mensch, den ich kenne. Gott ist mit Dir, muß es sein, denn Du bist für mich fast wie ein Engel.

Ich weiß wohl, Du hieltest mich für verrückt, als ich darauf bestand, unsere Lebensgeschichte aufzuschreiben, bevor wir schließlich unser Haus für immer verließen. Aber ich hatte meine Gründe, und ich danke Dir für Deine Geduld. Und obwohl Du mich danach fragtest, habe ich Dir den Grund nie verraten. Aber jetzt, so glaube ich, ist es an der Zeit, daß Du ihn erfährst.

Wir haben ein Leben gelebt, von dem die meisten Paare nur träumen können, und dennoch fürchte ich, wenn ich Dich ansehe, daß all dies bald zu Ende sein wird. Denn wir beide kennen den Verlauf meiner Krankheit und wissen, was das für uns bedeutet. Ich sehe Tränen in Deinen Augen und mache mir mehr Sorgen um Dich als um mich, weil ich den Schmerz fürchte, den Du durchleben wirst. Mir fehlen die Worte, um meinen Kummer darüber auszudrücken.

Ich liebe Dich so sehr, daß ich, trotz meiner Krankheit, einen Weg finden werde, um zu Dir zurückzukehren, das verspreche ich Dir. Und hier nun kommt unsere Geschichte ins Spiel. Wenn ich verloren und einsam bin, dann lies mir diese Geschichte vor; und sei gewiß, ich werde irgendwie merken, daß es unsere Geschichte ist. Und vielleicht, ja, vielleicht, finden wir einen Weg, wieder zusammenzusein.

Bitte sei mir nicht böse, wenn ich Dich an manchen Tagen nicht erkenne. Wir beide wissen, daß uns solche Tage bevorstehen. Sei gewiß, daß ich Dich liebe, Dich immer lieben werde und daß ich, was auch kommen mag, das denkbar schönste Leben gelebt habe. Mein Leben mit Dir.

Und wenn Du diesen Brief aufbewahrst, um ihn wiederzulesen, so glaube, was darin steht. Ich liebe Dich jetzt, während ich ihn schreibe, und ich liebe Dich jetzt, während Du ihn liest. Und es tut mir leid, daß ich es Dir nicht mehr sagen kann. Ich liebe Dich, Noah, aus tiefstem Herzen. Du bist und warst stets mein Traum.

Allie

Ich lege den Brief zur Seite, stehe auf und suche nach meinen Hausschuhen. Sie stehen neben meinem Bett, und ich muß mich setzen, um sie anzuziehen. Ich erhebe mich mühsam, gehe zur Tür und öffne sie einen Spaltbreit. Ich spähe hinaus und schaue den Korridor hinunter. Ich sehe Janice am Empfangstisch sitzen. Wenigstens glaube ich, daß es Janice ist. An diesem Tisch muß ich vorbei, wenn ich zu Allie will. Doch zu dieser späten Stunde ist es mir nicht erlaubt, mein Zimmer zu verlassen, und Janice gehört nicht zu denen, die fünf gerade sein lassen. Sie ist mit einem Rechtsanwalt verheiratet.

Ich warte ein Weilchen, in der Hoffnung, daß sie vielleicht fortgeht, aber sie scheint nicht die Absicht zu haben, und ich werde ungeduldig. Schließlich gehe ich auf den Korridor und setze mich in Bewegung – langsam-schluff, rechts-vor, langsam-schluff. Es dauert eine Ewigkeit, bis ich am Empfangstisch angelangt bin, aber merkwürdigerweise nimmt sie mich gar nicht zur Kenntnis. Ich bin ein Panther, der lautlos durch den Dschungel schleicht.

Als sie mich schließlich doch entdeckt, bin ich nicht überrascht. Ich stehe vor ihr.

»Noah«, sagt sie, »was tun Sie hier?«

»Ich gehe spazieren«, sage ich. »Ich kann nicht schlafen.«

»Sie wissen doch, daß das nicht erlaubt ist.«

»Ja, ich weiß.«

Ich rühre mich jedoch nicht vom Fleck. Ich bin fest entschlossen.

»Sie wollen gar nicht spazierengehen, stimmt's? Sie wollen zu Allie.«

Ich nicke.

»Noah, Sie wissen doch noch, was passiert ist, als Sie sie das letzte Mal nachts besucht haben.«

»Ja, ich weiß.«

»Dann sollte Ihnen klar sein, daß Sie nicht wieder zu ihr gehen dürfen.«

Statt darauf zu antworten, sage ich: »Sie fehlt mir so.«

»Das weiß ich, aber es geht trotzdem nicht.«

»Heute ist unser Hochzeitstag«, sage ich. Es stimmt. Es ist der neunundvierzigste. Ein Jahr vor der Goldenen Hochzeit.

»So?«

»Ich kann also gehen?«

Sie blickt kurz zur Seite, und ihre Stimme wird sanfter. Ich bin erstaunt, denn ich habe sie nie für einen Gefühlsmenschen gehalten.

»Noah, ich arbeite nun schon seit fünf Jahren hier und habe vorher bereits in einem anderen Heim gearbeitet. Ich habe Hunderte von Paaren erlebt, die Leid und Kummer bewältigen mußten, aber nie war da jemand, der so wie Sie gekämpft hat. Und niemand hier, weder die Ärzte noch die Krankenschwestern, hat je so etwas erlebt.«

Sie schweigt eine Weile, und plötzlich füllen sich ihre Augen mit Tränen. Sie wischt sie schnell mit dem Handrücken weg und fährt fort:

»Ich versuche, mir vorzustellen, was es für Sie bedeutet, wie Sie das schaffen, Tag für Tag. Es ist mir unbegreiflich. Manchmal besiegen Sie sogar ihre Krankheit. Die Ärzte verstehen es nicht, wohl aber die Schwestern. Es ist die Liebe – ganz einfach. Noch nie habe ich etwas so Unglaubliches erlebt.«

Ich spüre einen Kloß im Hals und bleibe stumm.

»Aber, Noah, Sie wissen, daß Sie jetzt nicht zu ihr dürfen. Ich kann es nicht erlauben. Also gehen Sie zurück in Ihr Zimmer.« Dann lächelt sie, schiebt ein paar Papiere auf ihrem Tisch beiseite und sagt: »Ich gehe jetzt nach unten, um einen Kaffee zu trinken. Ich kann eine Weile nicht nach Ihnen sehen. Also machen Sie inzwischen keine Dummheiten.«

Sie erhebt sich rasch, klopft mir auf die Schulter und eilt zur Treppe. Sie schaut sich nicht um, und plötzlich bin ich allein. Was ich von all dem halten soll, weiß ich nicht, denn auf ihrem Tisch steht eine volle, noch dampfende Tasse Kaffee, und wieder begreife ich, daß es gute Menschen auf der Welt gibt.

Als ich meinen beschwerlichen Weg zu Allies Zimmer antrete, ist mir zum ersten Mal seit Jahren warm. Ich mache nur winzige Schritte, doch selbst bei diesem Schneckentempo ist es gefährlich, weil meine Beine schon müde sind. Ich muß mich, um nicht zu fallen, an der Wand abstützen. Das grelle Neonlicht über mir blendet mich, und ich blinzle mit den Augen. Ich komme an vielen Zimmern vorbei, an Zimmern, in denen ich vorgelesen habe. Dort leben meine Freunde, deren Gesichter mir vertraut sind und die ich morgen wieder besuchen werde. Aber nicht heute nacht, denn mir bleibt keine Zeit, diese Reise zu unterbrechen. Ich mache weiter, und diese Anstrengung preßt das Blut durch meine verengten Arterien. Ich fühle mich mit jedem Schritt stärker werden. Ich höre hinter mir eine Tür, die sich öffnet, aber ich höre keine Schritte, und ich gehe weiter. Ich bin jetzt ein Fremder. Niemand kann mich aufhalten. Im Schwesternzimmer klingelt das Telefon, und ich setze meinen Weg fort, um nicht erwischt zu werden. Ich bin ein mitternächtlicher Dieb, bin maskiert und fliehe hoch zu Roß aus verschlafenen leeren Städten, sprenge gelben Monden entgegen mit Goldstaub in den Satteltaschen. Ich bin jung und stark, und mein Herz ist voller Leidenschaft;

ich werde die Tür aufbrechen und sie auf den Armen ins Paradies tragen.

Wem will ich etwas vormachen?

Ich führe heute ein einfaches Leben. Ich bin ein törichter alter Mann, der verliebt ist, ein Träumer, der von nichts anderem träumt, als Allie vorzulesen und sie, wann immer es geht, in den Armen zu halten. Ich bin ein Sünder mit vielen Fehlern, ein Mann, der an Magie glaubt, aber ich bin zu alt, um mich zu ändern, um etwas zu verändern.

Als ich schließlich ihr Zimmer erreiche, bin ich völlig erschöpft. Meine Beine zittern, meine Augen brennen, und mein Herz klopft zum Zerspringen. Ich kämpfe mit der Türklinke, und am Ende bedarf es zweier Hände und übermenschlicher Kräfte, um sie niederzudrücken. Die Tür öffnet sich, und das Licht vom Korridor fällt auf das Bett, in dem sie schläft. Und ich denke, als ich sie erblicke, daß ich nichts bin als ein Passant auf einer belebten Straße, für immer vergessen.

Es ist still in ihrem Zimmer, und sie liegt da, die Decke halb zurückgeschlagen. Nach einer Weile dreht sie sich zur Seite, und ihre Geräusche lassen mich an glücklichere Zeiten denken. Sie sieht schmächtig aus in ihrem Bett, und als ich sie anschaue, weiß ich, daß es zu Ende ist mit uns beiden. Die Luft ist verbraucht, und mich schaudert. Dieses Zimmer ist zu einem Grab geworden.

Ich stehe noch immer da an diesem unserm Hochzeitstag und ich würde ihr so gerne sagen, was ich empfinde, doch ich bleibe stumm, denn ich will sie nicht wecken. Außerdem steht es auf dem Zettel, den ich ihr unters Kissen legen will:

Es ist in diesen letzten, zarten Stunden
Die Liebe sehr gefühlvoll und ganz rein –
O Frühlicht, sanften Kräften tief verbunden,
Erscheine, laß die Liebe ewig sein.

Ich glaube, Schritte zu vernehmen, trete schnell ein und schließe die Tür hinter mir. Plötzlich ist es stockfinster, und ich taste mich zum Fenster hin. Ich ziehe die Vorhänge zur Seite, und der Mond, der Wächter der Nacht, schaut herein, groß und voll. Ich wende mich Allie zu, träume tausend Träume, und obwohl ich weiß, daß ich's nicht tun sollte, setze ich mich auf die Bettkante und schiebe den Zettel unter ihr Kissen. Dann beuge ich mich zu ihr hinab und berühre zärtlich ihr Gesicht. Ich streichle ihr Haar, und dann stockt mir der Atem. Staunen ergreift mich, ehrfürchtige Scheu. Sie bewegt sich, öffnet die Augen, blinzelt, und plötzlich bereue ich meine Torheit, denn nun wird sie, wie üblich, zu weinen und zu schreien anfangen. Ich weiß, ich bin impulsiv und schwach, doch ich muß das Unmögliche versuchen, und beuge mich noch tiefer zu ihr hinab.

Und als ihre Lippen die meinen berühren, fühle ich ein seltsames Prickeln, wie ich es in all unseren gemeinsamen Jahren nie empfunden habe, doch ich weiche nicht zurück. Und plötzlich, ein Wunder, denn ich spüre, wie ihr Mund sich öffnet, und ich entdecke ein vergessenes Paradies, unverändert nach all diesen Jahren, alterslos wie die Sterne. Ich fühle die Wärme ihres Körpers, und als unsere Zungen sich begegnen, lasse ich mich davontragen, wie vor so vielen Jahren. Ich schließe die Augen und werde zum mächtigen Schiff in der tosenden See, furchtlos und kraftvoll, und sie wird zu meinem Segel. Ich streiche zärtlich über ihre Wange und ergreife dann ihre Hand. Ich küsse ihre Lippen, ihre Wangen und höre sie seufzen.

»O Noah«, flüstert sie sanft. »Du hast mir so gefehlt.« Ein weiteres Wunder – das größte von allen –, und ich kann meine Tränen nicht zurückhalten, als ich spüre, wie ihre Finger nach den Knöpfen meines Hemdes tasten und sie langsam, ganz langsam, einen nach dem anderen zu öffnen beginnen.